芳华
没有公章的奖状

郑州大学出版社
郑州

图书在版编目(CIP)数据

芳华:没有公章的奖状/马国兴,吕双喜主编.—郑州:
郑州大学出版社,2019.2

(小小说美文馆)

ISBN 978-7-5645-5985-4

Ⅰ.①芳… Ⅱ.①马…②吕… Ⅲ.①小小说-小说
集-中国-当代 Ⅳ.①I247.82

中国版本图书馆 CIP 数据核字(2019)第 006579 号

郑州大学出版社出版发行

郑州市大学路 40 号   邮政编码:450052

出版人:张功员   发行部电话:0371-66658405

全国新华书店经销

河南龙华印务有限公司印制

开本:710 mm×1 010 mm 1/16

印张:10

字数:146 千字

版次:2019 年 2 月第 1 版   印次:2019 年 2 月第 1 次印刷

书号:ISBN 978-7-5645-5985-4   定价:29.80 元

本书如有印装质量问题,请向本社调换

编委名单

序

任晓燕

"小小说美文馆"丛书这项出版工程，推举小小说作家，推出小小说作品，推广小小说文体，为进一步推动全民阅读工作常态化、规范化，提升国民素质和社会文明程度，共同建设书香社会，做出了应有的贡献。

纵观我国现代文学史，每一种文体的兴盛都有其复杂的社会文化背景。其中，传媒载体是一个不容忽视的重要条件。如大型文学期刊之于中、短篇小说，报纸文化副刊之于散文、随笔。现代社会，传媒往往引导着阅读的时尚。

当代中国的小小说，也是如此。

仅仅在三十多年前，小小说对于读者来说，还是一个较为陌生的概念。在称谓上也五花八门，诸如微型小说、一分钟小说、超短篇小说、袖珍小说、千字小说、快餐小说、迷你小说等。当时，全国没有一家小小说专业报刊，小小说作品往往作为报刊的补白或点缀，难登大雅之堂。与之相对应，也没有专门从事小小说创作的作家，大都属于散兵游勇式的业余创作。而全国性的文学评奖，更是从来就没有小小说的一席之地。

在这种情况下，1982 年 10 月，郑州小小说文化传媒有限公司的前身百花园杂志社，敢为天下先，在旗下的文学期刊《百花园》推出"小小说专号"，引起文学界的关注，受到读者的欢迎。此后，1985 年 1 月，《小小说选刊》正式创刊；1990 年 1 月，《百花园》改版为专发小小说的期刊。此外，百花园杂志社还多次举办小小说笔会、评奖等文学活动，先后创办小小说学会、函授学校等民间机构，不断推进小小说作家专集、作品选本等出版项目。

通过业界同仁多年不懈的努力，小小说已从点点泛绿到蔚然成林，以独立的姿态屹立于中国当代文坛，跻身"小说四大家族"，并进入鲁迅文学奖评选序列，在全国各地拥有逾千人的较为稳定的创作队伍，成为广大读者喜闻乐见的文体。

小小说是新兴的文体，又有着古老的渊源，在一定程度上，它与文学的起源密不可分：上古神话传说如《夸父逐日》《嫦娥奔月》《女娲补天》等，就具有小小说精炼、精美的叙事特征；春秋战国的诸子著述，不乏微型珍品；南朝刘义庆的《世说新语》，堪称我国最早出现的小小说集；宋代人编撰的《太平广记》，可谓自汉代至宋初野史小小说的集大成著作；清代蒲松龄的《聊斋志异》，创立古典小小说的高峰；现代鲁迅的《一件小事》等，开启白话小小说兴盛的序幕。

近几十年来，小小说之所以大行其道，是与现代生活节奏合拍分不开的。从这个角度来说，小小说是一种最具有读者意识的文体。同时，小小说受到世人的普遍关注，根本原因在于展示出了宝贵的文学艺术价值。当代中国的小小说，继承了从古代神话到诸子寓言、从史传文学到笔记小说的叙事艺术传统，并与各种艺术形式的美学精神相通相融。比如对意象之美和境界之美的追求，就代表着中国文艺美学的主要传统，它是至高的，也是永恒的，也正是小小说艺术的自我要求。

文学创作的成功与否，不能以篇幅长短而论，最终还是看思想艺术上的成就。诸多优秀小小说作品，言近旨远，微言大义，给读者留下了难以磨灭的印象，其艺术含量和思想容量丝毫不逊于中、短篇小说。所以，小小说最能够、也最便于在读者心灵上打下烙印，原因就在于它的精炼和集中，常常呈现给读者引人入胜或发人深思的典型事件，性格鲜明的典型人物。小小说还是"留白的艺术"，把最大的想象空间留给读者，去回味、创造和补充。小小说对语言的要求很高，诗歌创作中的炼字炼意，对于小小说同样适用。

当代中国的小小说已形成气候，成为一种广阔的文学景观。今日，小小说已步入创作成熟期，以特有的艺术魅力丰富着我们的精神生活，也必将在文学史上留下自己的位置。在此，作为一位"小小说人"，我期望小小说作家像苍穹中的繁星那样，闪烁出五彩缤纷的个性之光。

（任晓燕，郑州小小说文化传媒有限公司董事长，《百花园》《小小说选刊》总编辑。）

目 录

1

3

没有公章的奖状

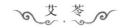

艾　苓

好久没有触摸奖状，最近狠狠过了把瘾。十张奖状经由我的手，一一颁发给我的学生。

这都是马雪峰的主意。

文秘班有两位同学轮流主持作文讲评课，本学期剩下最后一次，她自告奋勇担当主持。提前三天，我交给她十位同学的名单和四十个作文本。她跟我说，想打破以往惯例。我说，课堂是你的，你随便安排。

我进教室的时候，马雪峰正在前面张罗着什么。她让我在指定位置坐好，在一摞奖状上签字。奖状不大，印制有些粗糙，设了最具才气奖、最佳角度奖等十个奖项，落款是"指导教师"，我的任务就是把名字填上。此时我才注意到，黑板是精心打扮过的，图案简洁，有十个长方形纸条用透明胶粘着，那一定是这些奖项的谜底了。黑板前面垂下几处彩条，上面还用丝带系了若干纸卷。

马雪峰拿一束塑料花给我："老师，一会儿你负责给同学颁奖。"她笑着补充说，"这花要一直用。"

我所要做的，就是听从指挥。

主持人登台宣布："现在开始作文讲评课！"

话音刚落，教室后面音乐突然响起，我这才看到角落里的"音响师"，由于业务不熟，她播放的音乐激烈而短促。

"这次作文讲评课，讲评的体裁是文学评论，我们将以颁奖的形式进行。"主持人随手揭开第一个长方形纸条，"第一个奖项是：最佳选材奖！谁会是第一个获奖者呢？下面请开奖嘉宾为我们开奖！有请我们班拥有甜美笑容的可爱女生——刘瑶！"

刘瑶笑呵呵走上讲台，用小剪子剪下写着序号"1"的纸卷，打开后她朗声宣读："获得本次作文讲评最佳选材奖的是——李婷婷！"

开奖嘉宾还想说点什么，被主持人友好地请回座位。主持人宣布获奖理由后，李婷婷在掌声中走上讲台。

主持人宣布："下面请著名作家张爱玲老师为李婷婷颁奖！"我仿佛很著名的样子，拿着证书和塑料花走上讲台，强忍住笑，看来我必须被"著名"了。

颁奖之后，李婷婷应邀发表获奖感言："感谢老师，感谢各位同学……"她略带羞涩，但从容镇定。

在我的印象里，李婷婷很用功，话不多，其他文体写作表现平平，写文学评论一下浮出水面。我能做的，就是帮助他们发现自己的长项，及时肯定。这个马雪峰，竟然把作文讲评课变成一次颁奖盛典，对"李婷婷们"的肯定变得格外隆重，这就是后生可畏。

接着上来一位又一位开奖嘉宾，揭开一个又一个谜底，一个又一个获奖者兴冲冲登台。我呢，一次又一次为我的学生颁奖。

我得的最后一张奖状，在小学四年级或五年级，是三好学生奖状。二十七八年一晃过去，那张奖状早已不见踪迹。上中学后奖状直接变成奖品，奖励的缘由直接写在奖品上。成年以后获奖证书拿了不少，质地不同大小不一，包装越来越高档，设计越来越精美。可是家里没有空间堆放它们，我不得不丢弃了"形式"，仅仅留下"内容"。没什么分量的证书，连"形式"带"内容"一起扔掉。

十个谜底都被揭开，十张奖状也有了归属。

主持人突然宣布："本次活动，我们还设立了特别贡献奖！"

我扭头去看教室后面的"音响师"，她一直在角落里忙碌，与主持人的配合越来越默契。主持人外，她最辛苦。开奖嘉宾林枫读出的却是："获得本次活动特别贡献奖的是——张爱玲老师！"

我不知道当时何等嘴脸，确实是太意外了。

班长颁发给我的仍然是奖状，不过这张奖状比那些奖状大出一倍。展示奖状的时候突然发现，奖状背面写满签名。

应邀发表获奖感言时，我的眼睛有些潮湿："我有不少获奖证书，上面都盖着公章。今天获奖的同学，你们将来也会获得各种各样的奖励证书，上面盖着公章。但我相信，你们会和我一样，把这张没有公章的奖状珍存一生！"

回家后，我把那张奖状看了又看，上面的文字是真正的手写体：

张爱玲老师：

对文秘班同学写作指导做出特别贡献。特发此证，以示鼓励。

2006 级文秘班全体同学

为保险起见，我把奖状放进一个绿色的大纸袋，那里面专门存放我的保险单据。

逃　逃

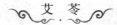

艾　苓

　　我跟 2008 级新闻班混了两年。散文写作她表现优秀,诗歌写作、小说写作、新闻写作她开始逃课。偶尔发条短信:我是逃逃,家里有事或者猫狗有事。

　　逃逃并非本名,是她短信请假的署名。

　　我要启动惩罚措施,她突然出现在课堂上,一副低头认罪的乖模样;我以为她悔过了,从此洗心革面——她又逃掉了。

　　多年以后看她的人人日志,我才找到原因:"告诉你什么叫自取其辱,就是你觉得自己作业写得不错美滋儿地等着老师夸你呢,结果老师说'标题太长''署名位置不对''文体不清,说是通讯吧该有的都没有,说是消息吧太长'……"

　　早知如此,我应该多给她一些正面评价。

　　逃逃也有不逃的时候。2011 年夏天,绥化电视台筹办《e 早新闻》,来校招募实习生,很多同学报名。有的人暗示她:即便报名,她也是个陪衬。这个身高一米五八的胖乎乎的女生不服气,突然想证明下自己了。

　　写一段稿子后,报出镜记者的人一起去面试。排在她前面的同学,模拟采访时紧张得说不出话,哭了。她模拟采访毕业前摆摊的学生,电视台主持人李阳充当受访者。

面试结束上车之前,李阳远远对她喊:"抓紧减肥啊!"

她也喊回去:"你那么胖怎么不减?"

大学三年,她跟那八个男生说过的话加起来不超过十句。在电视台实习,同学成了同事,她尝试着沟通。有一次加班到晚上十点,大家去吃面。她的牛肉面先上来,在主任的号召下,大家打着帮她减肥的旗号一哄而上夹走了所有的肉。当时她的尖叫声像汽笛一样,心疼那些肉,也高兴有那样的团队。这个团队在电视台食堂被称作"雪豹突击队",因为吃啥啥不剩。

主任跟她说:"你念稿子不错,本来想让你当主播,但你脸太大,不上镜。"

她曾为模特大赛做义工,职责是选手展示后,把长得好看的挑出来采访。

从第二场比赛开始,她突然变成了主持人。据说台长不满意上个主持人的表现,主任说那就给她锻炼的机会。她从没做过主持人,什么也不懂。头天晚上,有位资深主持人帮她对台词,一句一句地教,第二天帮她选礼服熨衣服,她都不知道还要熨衣服。

上场之前,她发现自己不紧张不发抖,很纳闷:"怎么不抖?"这么一想就真的抖了。礼服裙子太长,上场的时候她踩住了裙角,于是连滚带爬地出现在舞台上。

这是她实习生涯的黄金时期,每周都去主持节目。台长对她的表现还算满意,一见她就笑眯眯的。于是大家都锦上添花,纷纷把她夸得像朵花一样,但模特大赛决赛时还是换了主持人。

主任说:"你这几个活动主持得还行,本来想让你当主持人,但你个子矮,领导带你出去很没面子啊。"

主任还说:"你最大的优点就是,谁跟你站在一起都显得很好看。"

有时候她天天配音,教主播们念稿子,帮顶替她的主持人彩排走位置,

给整个办公室拖地。有时候无事可做，还要枯坐办公室，闻满屋子的烟味。她奉命回家复习参加省考，再回来的时候，原来的位置已被顶替。

在日志《非官方实习总结》中，她对这个团队心怀感激。

逃逃主动做的事情，常和猫狗有关。

有天晚上接到她的短信："老师，你能收养一只流浪猫吗？它实在太可怜了。"

我马上回复："抱歉，我做不到。"

我没解释，我有猫狗恐惧症。

她没有恐惧症，家里有两个猫儿子，一个叫辛巴，一个叫小贱，白天一起玩，晚上一起睡。她跟校园里的流浪猫狗很熟，定期投放食物。在她提交的新闻作业里，最好的报道就是关于校园流浪猫狗的。她的猫狗日志和呼吁也很多。

我是她毕业论文的指导老师，她想写个有点新意的论文，可惜选题大，难驾驭，光提纲就改了二十多遍。

该写论文了，好像操心的事不少，她常处于逃逸状态。

第一次答辩，论文没通过。

第二天是周日，她拎着大包水果来我家，一副低头认罪的乖模样。我态度不怎么好，在电脑上逐字逐句给她改论文，她去厨房帮我娘剥蒜捣蒜。

我听娘语重心长地跟她说："你以后来别买东西了，你老师不喜欢这些，她就喜欢用功的学生。"

午饭吃的是饺子，公公、婆婆、娘和我都劝她吃点，她一个饺子没吃，我心里倒过意不去了。

毕业之后，基本没联系，知道她还在考研的路上。

2013年3月23日，突然接到她的短信："老师老师，国考面试结束，木哈哈哈哈！"

"提前祝贺！有努力有付出，也得有狗命！"

"不提前,结果已经出了!我现在是国税局干部啦,木嘛!"

逃逃在某县国税局工作一年多,租房住。院子里没有灯光,夜里伸手不见五指,要打着手电才不至于摔跤。窗外是露台,常有人晒衣服,她平日早早拉上窗帘。

有一天回来晚了又要洗头,忙活着就忘了。晚上十点,她洗完澡坐在床头擦头发。一抬头,看见一张脸贴在卧室窗户上。周围一团漆黑,那张脸显得苍白醒目。

她下意识尖叫,那个人居然没有逃跑的意思,不知道是太猖狂还是吓坏了。她伸手去拿衣服,他还待在窗角,迟疑一下才跑了。

她战栗着给单身宿舍的男同事打电话,去单位休息室住了一夜,心跳得像擂鼓,总觉得窗户上贴着一张惨白的脸。

她报了警,警察无能为力,因为过度惊吓,她根本不记得那个狂徒的样子。

窗户安上了护栏,那个人再没来过,但每晚拉窗帘,她都记起那张贴在窗户角落里的脸和当时窒息的感觉。

这个房子要到期,她在单位附近找了间房子,女房主四线城市时髦女郎打扮,在外地开饭店。刚交完房租,她工作调动想要退租。

租期还没开始,她愿意赔偿违约金,女房主表示分文不退,每天半夜,或者亲自或者找一个声音凶恶的男人打电话给她,纠缠,谩骂,恐吓。她无法入睡,又气又怕。

多次交涉无果,她决定起诉房主。她给各种人打电话,查阅各种法条、案例,了解法律规定和诉讼程序,按网上的范文写了一份起诉书。

起诉需要对方的地址,可是对方拒不提供。她辗转联系到内蒙古地税局,通过身份证号码查到对方的饭店名字和地址,法院传票很快送到房主手中。

逃逃不再逃了。

芳华·没有公章的奖状

重阳节快乐

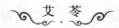

艾 苓

2013 年秋季开学,收到一份没有署名的明信片:

张老师:

您好!

在您的课堂上,我虽然不是最聪明的那个,但却是很认真地在学。从您那里学到很多,不只是在学习上,还有在为人处世上。

祝老师每天都开心快乐,幸福地写作、生活!

落款是"来自厦门的祝福"。

字体不漂亮,但工整、熟悉,一时想不起是哪位高徒的。这种感觉如风过窗棂,等我推开窗,看得见树影婆娑,可捉不到风。

这孩子! 我在心里感叹。正想收起明信片,一个名字像条鱼跃出记忆。赵紫燕,2009 级新闻班的。她不是最聪明的那个,写字总一笔一画的。那个班报名考研的学生很多,我不大知道考研结果,看来她已经进驻厦门大学。

半个月后,接到短信:"老师,明信片您收到了吗? 知道我是谁吗?"

我回复:"收到了,谢谢紫燕!"

"啊! 您还记得我?"

"当然记得。"

赵紫燕来自河南农村,衣着和口音都带着乡土气息。有些女孩子进了大学,急着美白,急着时尚,很快就美了,白了,时尚了。大学四年间,她的衣着和口音始终如一。听说她最怕别人说胖,跳过绳跑过步,也有效果。一到假期就反弹,干脆放弃了。

上课的时候,她始终盯着我,不肯错过一句话。不管课上课下,有疑惑她就问,还不明白就追问。有这样一双信赖的眼睛,不好好准备课,我会心怀愧疚。

大二开学,她先去图书馆还书,回头再找,八百块钱不见了。找了半天想起来,钱夹在书里了。去图书馆找,没找回来,那是她两个月的生活费。

家里仨孩子,她老大,丢钱的事她没跟家里说,直接到校园联通营业厅找了份兼职,自己赚生活费。从那以后,她再没管家里要过生活费,课余一直兼职。

初学新闻采访,我带着他们采访过校内活动,也让他们自行采访身边的新闻。她跟同学合作,采访在校过中秋的学生,采访雪后的绥化交通,采访站前广场上的舞者,也是刨根问底,刨到很多细节。

有一次,我把新闻人物请进课堂,十一点四十分采访结束,下午两点她第一个把作业上传到班级博客。这个中午,她大概是饿着肚子过的。总结的时候,我特意提到她,做一个准新闻人,必须具备这样的精神和速度。

备战考研,听说有的人中途撤退,有的人到最后筋疲力尽,她天天待到自习室关门。她的床围了一圈单子,回到宿舍,她就钻到里面,打开台灯,忙到半夜。

想起她丢钱的那年晚秋,2010年农历九月初九,刚开机就看见短信:"伴随着绥化的第一场大雪,重阳节如约而至,在这个值得纪念的日子,祝您重阳节快乐!"

看来,她知道重阳节是节日,却不知道是哪些人的节日。那年我四十三岁,比同龄人提前享受到了重阳节的快乐。

捡糖纸

夏　阳

我七岁那年,湘云回来了。

湘云是我们村嫁出去的姑娘,一家人生活在上海。这次,趁着休探亲假,带先生、女儿回娘家住上一段日子,算是衣锦还乡。

我当时不明白湘云口里的"先生"是什么意思,看着她轻声细语地唤她带回来的那个男人,便感觉和我们父辈称呼学堂里的老师为先生是两码子事儿。湘云的先生很讲究,穿雪白的衬衫,笔挺的西裤,身上散发着一股淡淡的香皂味,喜欢坐在院中樟树下的摇椅上看书。每次看书前,他都要洗手,洗完后,再用雪白的毛巾擦干。这让我们一大帮解完手用干稻草或南瓜叶擦屁股的村人大开眼界。

湘云刚回来那阵,村里很多人都去瞧新鲜。刚在水田里劳作完的村人,还没来得及洗净脚上的泥巴,便往湘云的娘家凑,一边抽着湘云发的香喷喷的纸烟,一边看着人家一家三口白白净净、衣着光鲜。一脸菜色的村人尴尬地赔笑,内心不由生出许多感慨。

我就是在那时盯上了湘云的女儿的。她叫榕榕,和我年纪相仿。用我今天饱经沧桑的眼光来看,不知道她长得是否漂亮。更可悲的是,我现在彻底记不起她的模样了。反正城里来的小女孩,在当时我这个衣不遮体的乡下孩子眼里,个个都是白雪公主,貌若天仙。

当我躲在门背后目不转睛地瞅着这个小女孩时,湘云善意地笑笑,直截了当地问我,要不要我们家的榕榕将来嫁给你?

要! 我的回答,立刻招来哄堂大笑。

湘云不笑,严肃地问我,如果我把榕榕嫁给你,你打算怎么样对她好呢?

我挠了挠头,使劲地想,怎么样才算是对她好呢? 我想了半天,还是想不出来。我一急,眼泪吧嗒吧嗒地掉,仿佛榕榕马上要嫁给别人了。

湘云和蔼地说,孩子,你别哭,你回去认真想想,想好了就告诉我。我给你三天时间。

我现在还清清楚楚地记得,那三天我是如何度过的。整整三天,我心里像着火一般。白天躺在夏阳冈的草堆里,流浪汉一样,望着天上的浮云发呆;晚上等娘睡下后,偷偷溜到夏阳河边,在河堤上来回踱步,踩碎了满地月光。银色的月光,在夏阳河面上拥挤、奔跑,喧声震天。

三天后,我如约站在湘云面前。我嗫嚅道,我想学会打鱼,每天给榕榕鱼吃。

湘云一怔,认真打量着我,问道,假如今天只打到了一条鱼,你会全部给榕榕吃吗?

会!

湘云又问,那你吃什么? 总不能饿着肚子吧?

我想了一会儿,说,看着她吃得满意,我心里就饱了。

湘云点了点头,对旁边的人夸道,这孩子不简单,将来会有大出息。

我当时不明白湘云为什么会那样说,我只关心榕榕会不会嫁给我。看到未来的"丈母娘"点了头,我心里的石头唰一下落地了。我得意地想,娶了榕榕这样的城里姑娘,夏阳村的孩子就没人再敢小瞧我了。

以后,我每天明目张胆地去找榕榕玩,好像她就是我的。

榕榕说一口好听的上海话,软绵绵的,棉花糖一样,在我的心里漾出一

道甜蜜的抛物线，让我如身处春天的花房，沉醉不醒。榕榕有一个爱好，就是喜欢收集糖纸。她搬出一个精致的木匣子，从里面取出一沓一沓的糖纸，花花绿绿，摆在我面前，说，可漂亮呢。我面对如此众多的糖纸，惊羡不已。我擦了擦鼻涕，像一个大男人一样豪气冲天地对她说，我一定要给你更多更漂亮的糖纸。

榕榕很乖地点了点头。

从此，我开始了我的捡糖纸生涯。

我像一条狗一样在村前村后、田间地头到处转悠，连路边的垃圾也不肯放过，只要发现是鲜艳的纸片，就捡回去交给榕榕。学校操场，村卫生站，唯一一家蓬头垢面的杂货店，都是我重点盯防的场所。那是一个物资匮乏的年代，很多人家连饭都吃不饱，哪有闲钱给小孩买糖吃？所以，尽管我非常努力，但收获甚小，偶尔捡回来几张，也是千篇一律的一分钱一块的水果糖糖纸，脏兮兮的，让我不敢面对榕榕失望的眼睛。

那天上午，我又在杂货店门口转悠，发现店里新进了一种高粱饴糖，三分钱一块，糖纸红艳艳的，煞是好看。我喜出望外，这种糖纸，榕榕是没有的。

我犹豫了好一会儿，悄声闪进家门，掀开米缸盖，从米里面挖出一个小布包，颤抖着从娘为数不多的角票中抽出一毛钱，悄悄出了门。

娘正在门口舂米，她似乎发现了什么，停下手里的活儿，目光锐利地盯着我。我低着头，攥钱的手在兜里直哆嗦，哆嗦了一阵，我一扭身，撒腿向杂货店跑去。

我买完糖，牛气冲天地直奔湘云的娘家。一进门，我大声喊着榕榕的名字。湘云的娘告诉我，一大早，榕榕全家就回上海去了。

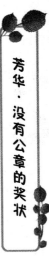

集火花

夏 阳

我从来就没见过我爹。

有人说我爹跟别的女人跑了,有人说我是私生子,人家不认我们娘儿俩,还有人说村里谁谁是我爹。为这事,我专门问过我娘。娘正在煤油灯下补袜子,听见我的问话,身体一抖,针扎在手指上,绿豆大的血珠涌了出来。她将受伤的手指放在嘴边吮着,吮了一会儿,冷冷地说,死了。哦,原来我爹死了。娘的话,我信。

但是,狗蛋他们不信。每次考试成绩出来后,狗蛋他们会找个没人的地方,把我推搡在地,然后把我的书包抢过去,一边往天上抛,一边起哄:野种!

我挣扎着从地上爬起来,争辩道,我不是野种,我有爹,只是我爹死了。

谁说你是野种?我们点了你的名字吗?狗蛋他们一脸坏笑,把我按在地上,一顿拳打脚踢。

我就是这样,从小饱受村里同龄孩子的凌辱。其实,我知道他们之所以揍我,不只是欺负我没有爹,还因为我的成绩太鹤立鸡群,语文、数学考试每次都是满分,让他们难堪。他们在进家门饱受父母一顿揍之前,先围住我这只"鹤",集体报复一通。报复完了,再在我散落一地的书本上,狠狠地踩上几脚,留下一地鸡毛般的嘲笑。

每次挨打后,我习惯在野外游荡,磨蹭到天黑了,才小心翼翼地溜进家门。娘还是发现了,惊问我鼻青脸肿的是怎么回事。

我靠墙站着,低着头说是自己不小心跌的。有时,这个谎言很难自圆其说,我又开始下一个谎言,说偷了同学的铅笔或者橡皮,被他们抓到了,挨了一顿揍。我知道,我一定不能说是因为自己成绩好挨打,否则娘会心如刀割,痛不欲生。

娘信以为真,坐在灶前难过地抹着泪,一边将风箱拉得山响,一边数落着我不该人穷志短,该打,打得好,打了会记得住。娘的唠叨,像屋外没完没了的夏阳河水,哗哗哗,需要一个很长的过程。

昏暗的煤油灯下,我和娘的影子,孤单地挂在四壁空空的墙上。

这就是我的童年。

在整个夏阳村,我没有玩伴,除了胖墩。胖墩是我的同桌,村主任的儿子。

胖墩找我玩,是因为我的成绩骄人。每次考试,我都主动让给胖墩抄,所以他的成绩不差。当然,老师知道我们之间的秘密,但是老师不敢管。老师是民办老师,问村主任要工资。如果胖墩的成绩不好,村主任就会大发雷霆,大发雷霆后,老师的工资可就悬了。当我把自己的分析告诉胖墩时,胖墩得意地笑了,从此抄得更欢了。

胖墩作为村主任的儿子,性格孤傲,不屑和一般人玩。我承认,我和胖墩玩,主要是没有人愿意和我玩,而胖墩是村主任的儿子。我的潜意识是想告诉狗蛋他们,不是你们不愿意和我玩,而是你们根本就不配,在整个夏阳村,只有村主任的儿子才有资格做我的朋友。

胖墩读书成绩不好,主要是心思根本就没用在书本上,胖墩迷恋收集火花。

火花,就是火柴盒上的贴画。很长一段时间里,我一直在纳闷胖墩为什么会有如此雅好。直到有一天,我在胖墩家里,有幸见到了他的表弟,才揭开了这个谜团。胖墩的表弟更胖，他把几个硕大的铁盒子豪气地摔在我们面前。一打开，里面全是火花，红彤彤的，各式各样，蝴蝶一般斑斓精美。我敢保证，很多人活了一辈子，也不一定见过如此之多如此之漂亮的火花。同时，我也明白了，胖墩收集火花，原来是进贡给他表弟，他表弟是县公安局局长的儿子。胖墩表弟的口头禅就是：你妈的再不听话，我叫我爸爸带人来抓你。

从此，我也开始集火花了。

我集的火花给了胖墩，胖墩再送给他的表弟。

那时，家家户户都在用火柴，所以只要用心去收集，常常会有意外的惊喜。像我以前为榕榕收集糖纸一样，除了时刻高度关注田间地头、店铺学校、路边垃圾以外，就是家家户户灶前放火柴的窟窿眼儿。每次走亲戚时，我进门的第一件事就是蹿到人家灶前找火柴盒。很多人家里的火柴，两面都是光秃秃的，上面的火花，被我小心地撕走，再被我送给胖墩，转而又被胖墩巴结给了他的表弟。

前前后后，四年多的时间，我大概为胖墩收集了数百枚火花，直到我和胖墩翻脸的那天为止。

那天，我家的牛不小心进了胖墩家的田里，啃坏了一些禾苗。胖墩的爹，气势汹汹地冲进我家，没说上几句话，便将我娘猛揍了一顿。看见娘躺在床上忍气吞声地抽抽噎噎，我顿时傻眼了。我很难接受。凭着我和胖墩这么好的关系，凭着我给胖墩抄了这么多年的作业和试卷，凭着我给胖墩收集了这么多年的火花……不就是几棵禾苗吗？胖墩爹怎么能随便打我娘呢？

我找到胖墩，让他去说服他爹，算给我一个面子，对我娘赔个不是，否则狗蛋他们肯定会笑话的。

胖墩撇了撇嘴，仰着头说，让我爹给你娘赔礼道歉，你以为你是谁呀？你妈的就不怕我表弟带公安局的人来抓你？

你怎么可以这样？我捏着兜里新收集到的一枚火花，看着胖墩扬长而去的背影，泪水涌了出来，嘴里不由喃喃自语。这时，我的身后，巷子的拐角处，传来一阵嘎嘎的笑声，鸭叫般刺耳。我回头一看，只见狗蛋他们撸着袖子围了过来。

我一咬牙，挺起胸膛，抡着书包挥舞不止，威风凛凛，如一名战士。

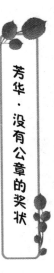

偷邮票

夏　阳

我一进入初中，便对学校深感费解。

小学毕业考试，我是全镇第一名，是以"状元"的身份进入镇初中的。我之所以说是进入，而不是考取，是因为开学后，我惊讶地发现全镇最后一名的胖墩竟然和我同班，而且还是班长。

宣布胖墩担任班长时，班主任杜老师是这样解释的，胖墩虽然学习成绩不太理想，需要努力和加强，但在同学里面有威信有号召力，非常适合做班长。杜老师说这句话时，很多同学在下面掩嘴偷笑，也包括我。其实大家都知道，胖墩和我翻脸以后，成绩一夜之间一落千丈，毕业考试考了个全镇倒数第一，被他当村主任的爹骂了个狗血喷头。村主任骂完后，送了两条好烟给镇初中的校长，接着又送了两瓶好酒给杜老师，就这样把胖墩送进了初中，还做了班长。

村主任在村里大放厥词，说，读书好有卵用，班长还得老子的儿子来当！显然，这话是有意说给我娘听的。我娘听了，流了半天的泪，一个劲地埋怨我爹不该撇下我们孤儿寡母受尽人家的欺负。娘絮叨累了，又抚摸着我的头说，崽啊，好好读书，班长不能当饭吃，我们不稀罕。

我表面点了点头，心里却冷笑，凭啥不稀罕？就凭他有一个当村主任的

爹？我是全镇第一名，班长理所当然该是我的。

开学没几天，我就发现杜老师不是一个称职的班主任，除了上几节课以外，他对我们班几乎是不闻不问，把所有的事务都交给了胖墩。杜老师痴迷集邮，整天沉浸在他的方寸世界里。

胖墩似乎把他全镇倒数第一名的过错都算到了我的头上，到处找我碴儿。班上轮值日，扫地擦黑板，别人是一人一天，我是接连干一个星期，理由是我个子高，理应多轮几天。我觉得不公平，偷偷跑到杜老师住的房间里请求调整。杜老师眼睛盯着邮票册，皱了皱眉，说，做人要有奉献精神，同学之间亲如手足，怎么能斤斤计较呢？

我哑然。

最可气的是，胖墩还联合成绩同样一塌糊涂的狗蛋，拿我和榕榕当年的事开涮。课间活动时，他们两人经常当着全班同学的面，摇头晃脑，像说对口相声一样。

胖墩问，要不要我们家的榕榕嫁给你？

狗蛋响亮地回答，要！

全班哄堂大笑。这刺耳的笑声，让我恨不能立即找条地缝钻进去，也让班上另外一个同样叫榕榕的女同学面红耳赤。榕榕的目光像刀子一样愤怒地剜着我。我无可奈何。我们已经被他们定义成"两公婆"了。

我偷偷跑到杜老师住的房间里去告状。杜老师眼睛盯着邮票册，皱了皱眉，说，身正不怕影歪，走自己的路，让别人说去吧。

我黯然。

几天后，我又偷偷跑到杜老师住的房间里，从衣兜里拿出几个信封给他看。这些信封里面都是空的，一直锁在我家衣橱的抽屉里。信封上的字迹俊朗飘逸，出自同一个人之手，是从一个陌生的叫青海的地方寄来的。信封上的邮票非常漂亮，让杜老师瞪大了眼睛，左看右看，爱不释手。我说，老师，你喜欢，就送给你。

杜老师喜出望外,说,很珍贵的。

我大方地说,没啥,你喜欢就行了。我想……

杜老师顿时紧张了,问,你想啥?

我结结巴巴地说,我想……我想我成绩这么好,不当班长,人家会笑话的。

杜老师认真看了我一会儿:是。是老师考虑不周,班长确实需要成绩好的同学来担任——火车头嘛,这样对大家的学习才有带动的作用。嗯,从明天开始,这个班长你来当。

我欣喜若狂,以至于杜老师吩咐我给他打盆干净的水时,我激动得连人带盆差点摔倒在地。

杜老师把信封泡在水里,好一会儿,才用小镊子将邮票从信封上小心翼翼地揭下来,然后把湿漉漉的信封交还给我。

我当班长后的第一件事就是调整值日。我和榕榕轮空,胖墩接连轮十天,狗蛋五天。我说,现在我是班长,我说了算。你们也不矮呀!另外你们成绩这么差,拖全班的后腿,理应多做点事情,为同学们创造一个良好的学习环境。

胖墩和狗蛋表示抗议,说要去告诉杜老师。

我笑笑,大手一挥,说,去吧,去吧,欢迎你们多提宝贵意见。

不一会儿,我看见胖墩和狗蛋从杜老师住的房间里灰溜溜地出来,心里别提多解恨。

胖墩和狗蛋为了报复我,又拿出了他们的绝活儿,开始在课间活动时说对口相声。这次,他们表情更夸张,表演更卖力。可是,等他们表演完,大家没有像以往那样哄笑,而是鸦雀无声,低头假装看书做作业,当他们是空气。

胖墩和狗蛋尴尬地戳在那里,像两根电线杆。

我站了起来,手指着他们,说,现在,我罚你们扫一个礼拜的厕所!以后再影响大家休息,我罚你们扫操场,信不信? 我的话刚说完,立即响起了一

片热烈的掌声。掌声中，榕榕敬佩地看着我。我心花怒放。

胖墩和狗蛋低着头，蚊子一样的声音，异口同声地说，我认罚，我认罚，我以后再也不敢了。

转眼周末，我回到夏阳村的家里，第一件事就是告诉娘：娘，我现在当班长了！

娘正在喂猪，闻言愣了一下，把手在围裙上擦了擦，激动地一把搂着我，说，崽啊，我崽就是有出息。

深夜，我正在睡梦中，被一阵哭声惊醒过来。我爬起床，循着哭声望去，只见娘坐在桌旁暗自低泣。我迷迷瞪瞪地问：娘，你怎么啦？

还怎么啦，这是你爹留给我的盼头，老天爷，怎么会变成这个样子?！昏暗的煤油灯下，娘指了指桌子上摊开的几个信封，泪眼模糊地说。

我看着那几个被自己偷偷塞回去的信封及信封上被水洇开的模糊不清的字迹，头轰一下大了。

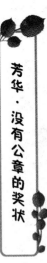

走着走着，孩子就给我们上了一课

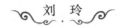

刘 玲

　　说这句话的是十七岁的小齐，我跟她妈带着她一起在店里吃面，这孩子穿着鹅黄色的衬衫，皮肤白皙，颈项挺拔。是的，我觉得若要配得上"颈项"这个词，这颈就一定是长长的、白白的，架在锁骨上，优雅而灵活。

　　就像小齐。

　　她浅浅一笑，说："王小柔说过，生活很不公平，它才不管你是谁，随手扔块石头就绊你一个跟头。妈，当年我才六岁，你和我爸给我扔了多大一块石头啊！"

　　说完，仍在笑，吸溜一口面条，溅了一滴汤汁在嘴角。十七岁的漂亮女孩溅了一滴汤汁在嘴角，就像嘴角长了一颗美人痣。哪像我和她妈？两个女人吃得专心而贪婪。几滴酱油色趴在那女人的领口边上，我的碗沿搭着一根面条，就快拖到桌面了。我俩对视一下，我想，这女人跟我一样，家里汗牛充栋，却也没听说过王小柔。

　　"妈，王小柔还说过，某个时候，一边要生活得风平浪静，一边要咽下夺眶而出的泪水笑傲江湖。这么多年，你是不是就是这样过来的？

　　"妈，你是不是特别怕我恨我爸，所以告诉我他一直在养我，你以为现在的我还会信？小时候，爸爸活在你的嘴巴里，你说什么我就信什么。现在，

他活在我的眼睛里,你想再骗我,很难。"

这个女人不动声色,低头用纸巾擦着那几滴酱油。我用筷子挑起那根面条,慢慢塞进嘴里,不敢发出一点声响,生怕惊动了这孩子说话,我以为这个我看着长大的孩子仅仅是拉长了身段和脖子。

"我那天偷听到你跟他争执,为了我你那样附和他、迁就他,他是在欺负你。

"我跟我爸打电话了,他说,小孩子怎么可以这样跟我说话?口气这么强硬?我说,爸爸,我凭什么不敢这样跟你说话?我妈一个人养了我这么多年,她有多少次承受了我的冲动?

"妈,你是不是很担心我,觉得知道了真相的我,会恨那个人?你为他编织谎言,是怕我没有安全感,怕我觉得自己是个不幸的小孩儿,对吗?

"我今天就是想告诉你,以前我活在虚拟的父女情深中,以后,你就不要那么累了。"

停了一会儿。

小齐用纤细的小手抿去嘴角的汤汁,说:"我为什么不能恨他?我这样隐隐地恨一下能把他怎样呢?我觉得只有这样,对你才是公平的,行动上大相径庭的两个人,凭什么有一样的口碑?

"不是你说的吗?在这个世界上,人的能力极其有限。心怀天下,往往顾此失彼,落得一地鸡毛。能对自己好的人用上心,就是不易。我能力这么弱。"

小齐把手支在胸前,十指相扣,说:"就让我替你恨一下他吧,这样的恨不会影响我的生活,我长大了,还会相信爱情,你不用担心。"

我看到小齐吸完最后一口果汁,吸尽果汁的空管发出呼呼的声音。

她看着我们的眼睛说:"这种恨,一定不会是一辈子,总有一天这种浅浅的恨,也会消失,等到那一天,我们才真正不再辛苦。

"你们大人,总以为硬撑着就是爱,我这么大了,我有知道真相的权利,

也有面对真相的能力。"

　　这个女人终于说话了:"我这么辛苦供你读这么多书,好像就是为了让你给我上这一课。"

　　当我们结完账走出门的时候,这个女人捏着我的肩胛骨,狠狠的一下。

　　我说:"你想哭啊?"

　　她说:"没有,我怎么突然就觉得心里的一块大石头放下了呢?"

一把吉他的五个瞬间

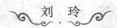

刘　玲

　　大学的时候,青春的时光清澈而缓慢,眼睛多次停留在宿舍窗口的梧桐顶端,看着蓝天白云,指尖弹奏着流行的音符。

　　吉他的牌子是红棉,火红的那种,不光是我,其他姐妹也喜欢用很大众的姿势抱着它,嘴里唱着,手划拉出貌似流行的元素。

　　我整日弹唱,从最初生疏地抠弹,到后来能闭着眼睛弹,直至不用乐谱。《同桌的你》《青春》及在二十世纪九十年代中期流行的那些旋律,日日在女生宿舍回荡。不过我没有穿着布衣长裙斜背着吉他走过操场,总是手提着大步走过,我觉得那样的话虽然时尚但有些矫情。

　　最后一个学期的春天,我和外语系的一个女生到公园滑冰,认识了一位军人。学外语的小妹海威,秀外慧中,兵哥成熟潇洒,我以为他们一定是会有一段故事的。

　　天开始热起来,快毕业了,学校的生活有点乱。一个午休时间,我被楼下的门岗呼叫,于是披着头发,穿着拖鞋下来,与兵哥哥隔着栏杆对话。

　　我说,我叫海威去。

　　他急急地摆手,不用不用。

　　于是,在那个已经有炙热感觉的初夏,我穿着午休的衣服,和他在操场边走了走,走到树荫下就停一会儿。他说他的吉他已经破音了,等考上军校的时候再买一把。

我说,哦,我的吉他跟着我亏大了,只会那么几首。

我们走着说着,有时候会突然无话。

我告诉他,我已经有了一个听我弹吉他的男生。在夏日午间寂静的操场上,听着蝉鸣,我们有点局促地挨过了吉他的话题。

离校的前一天,他带战友突然找到宿舍,为我带来了一本书,扉页上潇洒地写着祝福的话,大意是希望我以后有一个好的归宿。当时感动里有一些羞涩,因为当时还没有谁会直白地告诉你,希望你嫁得好。

我给他留了家里的电话,他说考上军校会打电话告诉我。那天,我站到学校门口的人行道边上,看着他和战友走远。心情没有什么特别的,这只是一个与青春有关的故事。

那天,他送了一把新的红棉吉他给我,带走了我的那把。

后来,再没有见过他,我想他一定考上了军校,没有告诉我,或许也是与青春有关吧。

结婚半年后,我带走了留在母亲家里的最后一摞书,几百封装在鞋盒里的信,和那把吉他。那晚的月光很白,地面也白白的一片。表弟蹬着脚踏三轮,我坐在后面,心凄凉得像一汪冰水——带走这些东西,像抽去了我连着这个家的最后一根丝。那把吉他被我横放在膝上,手小心地握着。当时,肚中的女儿已经孕育五个月了。

结婚,像进入了另一个世界,陌生的境地充满了防不胜防的历练,我过得很虚弱,如同一直在病中。

吉他,已经尘封了的样子,偶尔拨弄,生涩的嘶哑赶快让我住了手,心悸地看它很久。直至后来,它竟然成了家里横竖无处安置的物件。

对我而言,这把吉他所承载的,已经与音乐无关,它的存在让我触到了曾经一览无余的青春,和青春时节的憧憬,那种憧憬是与如今的生活完全脱

芳华·没有公章的奖状

节的一种向往,而吉他是常常让我内心升腾起对现实怨恨的一条线索。

女儿就要出生了,一个傍晚,我到楼下的便利店买东西,便利店的小老板是个二十出头的小伙子,整日里抱着一把破吉他,弹奏出来,倒也畅然。

他为一个把握不住的和弦恼怒不已,我过去给了他一个建议。小伙子很惊奇,并主动地说了自己的烦恼:这把吉他是他姐夫的,破得不行,自己想有一把红棉吉他。

我忍着心疼说,来,我给你一把。

我在黑暗中摸索着上楼取了我的吉他给他,小伙子接过去,颤抖着声音说:谢谢姐。

第二天,小伙子硬是敲开了我的门,从防盗门的缝隙里塞给我五十元钱,任凭我怎样喊,这孩子还是残忍地隔断了我对青春的最后一点怀念。

我抚着五十元钱,哭出了声。

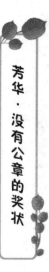

我看不到这些

刘 玲

　　英利拉力强一起看好姐妹蜜月拍的 DV,看到最让自己心动的丽江,她亲热地扳过力强的脸,试图在这样的浪漫和洁净里启发他,但发现他睡着了。英利灰心地关掉播放机。

　　英利趴在地上,费力地把糊在电脑桌踏板上的东西抠下来,像鉴宝一样翻来翻去,终于认定是一坨米饭,一坨风干的米饭。那坨拇指大小的米饭已经长了绿毛,看形状,是被踩到鞋底践踏数天之后,最后被主人蹭到了踏板上。一定是力强。

　　透过卧室的窗户,英利看到力强歪在床上看电视,一手拿着遥控器,一手直接把烟灰弹到地板上。英利家里最大的景观就是到处放了烟灰缸,可家里的地板上到处都是烟灰,这种熟视无睹,显得力强是在故意对抗。

　　如果是对抗就好了,英利想,是力强根本没有这方面的意识。力强总是看不到自己营造的不美好,甚至看不到事物自身明显的缺陷。当初嫁给他时,英利的妈妈提醒过,英利,你要有一段时间适应这个农村出来的孩子。英利当时不信。

　　力强如今的身价,足以让出身知识分子家庭、自身才貌俱佳的英利很有面子。可关起门来的这点龃龉,英利时常想爆发。英利说:力强,你把烟灰

弹到缸子里不难吧？力强，电脑桌的踏板其实不是真的让你踏上去……

　　说起婚姻，英利有无法弥补的遗憾。和力强刚认识那会儿，力强正在淘第一桶金，力强眼力活，能吃苦，英利坚信力强是潜力股。英利提出，先不公开两人的关系，因为两个人看起来是那么不般配。我不想别人说我下嫁，英利说，还有，我想让你一亮相就风光无限，免得裸婚后你压力更大。

　　力强想想也是，但这秘密还是没能压得住。在英利的小公寓里，力强总是把烟头乱扔，专扔别人看不到的背角儿旮旯。英利的小姐妹不时在英利家的门边、墙角、马桶里发现烟头，英利跟着解释，水暖工扔的、修电脑的扔的。终于有一天，闺蜜发现床头的角柜后有大堆烟头：英利，水暖工歇气儿的时候不会靠在你床头吧？

　　于是力强走到了台前，因为还没有意气风发，所以诸多选择力强的理由需要英利一遍遍跟大家伙儿重复。大家半信半疑勉强接受力强，这让英利感觉灰头土脸。

　　即使结婚的时候，等到了力强这支潜力股一朝分娩——力强开着小城唯一的一辆宝马迎娶了英利，英利还是对力强没有在更适当的时候出现耿耿于怀。

　　英利做了八宝莲子粥，力强还是那样，不等碗筷饭菜上齐，就先站到桌边端碗喝上几口，要英利提醒，才会坐下来拿筷子夹菜。最让英利难以忍受的是，力强的最后一口饭，总要在碗里晃几个来回，幅度很大，之后仰头一饮而尽。英利见过农村的亲戚们喝汤，叔伯舅父们就是这样，总怕一粒米粘在碗沿上浪费，摇匀了，画句号一样一口喝下。

　　有一段时间了，英利感到胸部隐隐作痛，心想，这都是不解风情的力强怄的。于是，让力强带着去看医生，竟然是癌，从切片看，已经钙化。

　　相比黛玉的化身陈晓旭，英利保持完美的决绝之心更甚。力强听到癌，最直接的反应是英利会死，力强失控地扭着医生去开他的后备厢，指着码得整整齐齐的钞票，医生，随便搬，一定要救我老婆。

听说切除了乳房就行,力强憨傻地笑了,切了就切了,这东西,我以为要命呢!

手术之后的生活,仿佛没有这一出变故,力强从来没有用异样的眼光注视过英利的胸部,就像力强从来不去看角落的脏污一样。那些烟头能让生活怎样啊?没有乳房的老婆能让我怎样啊?

英利无比感动于力强这种无视瑕疵的思维,如果力强的眼神是怜惜,英利相信,自己绝对不敢从此连胸衣都不再穿——英利索性不穿了。

只是英利添了一样喜好,专攻家里的犄角旮旯,她要找那些躲起来的烟头。找到了,自己悄悄地扔掉。

笔 友

曾 颖

　　笔友是网络出现之前人与人之间的一种联络和交际方式,通常是以杂志和报纸为媒界,展示一下自己的文笔或才艺,以及通信地址,然后就有人通过地址写信来,经过一段时间的书信往来,然后就寄照片甚至见面。与QQ或交友网站的原理是一样的,只是速度更慢效率更低而已。但这在当时,已经是最先进最时尚的交际方式了,它为我们的青春岁月,引入了一股新鲜的细流,使我们能跳出自己生活的框框去看自己。有的人的命运,由此发生根本变化,并影响着另一些人的命运跟着发生改变。

　　1987 年,我十八岁,像所有青春期的女孩子一样,对未来充满了各种花花绿绿的想象。但现实却很折磨人,高考成绩如一把沉重的榔头,击碎了我的一切梦想,我不得不从县城回到深山里的家,作为一个“三线”企业职工的子女,我通过考试离开山沟的愿望失败了。

　　回到以红砖建筑为主体的灰暗世界,我的心境沮丧到了极点。这座以数字为厂名的神秘单位已褪掉了往日的辉煌与荣耀。我们曾经引以为骄傲的电影院、澡堂和灯光球场,在与县城短暂的交锋之后,颓然败下阵来。我生长的这片厂区,如同一艘行将沉没的船,人们正在用各自能想出的办法逃离。有关系的,托关系调动回了大城市;有勇气的,仗着本事和豪气,自谋生路了。那种人人思走的氛围,给没有能力离开的人们施加着无形的压力。

我的父亲是单位少有的不想离开的人,原因是在北京,他没有什么可以留恋的人了。他是单位里不多的娶本地女人的人,对生活了二十多年的山区有了感情,这里有他的妻子儿女,有不算太逼仄的房子,有清亮的水和干净的空气,还有一些可以和他种菜喝酒的当地朋友。他对急猴猴想离开的人们,既不理解,甚至还有一些敌意。而对周边环境越来越不满意的我,就成了他潜在的敌人。在我们之间,走与留,现实的愉悦或不满,就成了常争不懈的话题。几十年之后我才明白,这种争论,其实是两代人相隔十几年人生阅历差异的必然结果,谁的答案都有其理由,但又不足以彻底战胜对方。但可惜的是,当年的我并不懂这个道理。

于是,总以为独家掌握了真理的父女俩每时每处都针锋相对。父亲觉得女儿不安分;女儿觉得父亲老迈,不求上进。双方都觉得对方不可理喻,而这些小纠纷,又是不足与身边朋友说道的,在这个熟人社会里,大家更愿意给别人家庭和谐的印象。

对现实充满无望与无力感的我只好将眼光投向了外面的世界,而所用的介质,就是在县城里读书时积下的一叠杂志,那上面有不少情感问答之类的栏目,我决定把自己的苦闷,向它倾诉。

我用整整一晚的时间把我对现实的困惑写了出来,山区的寂寥与落寞,人们义无反顾的离去,父亲不可理喻的顽固,山区少女物质精神双重匮乏下的绝望,都一一写了出来,装进信封,发往当年销量最大的一家青年刊物。

杳无音信的三个月之后,在我以为信已石沉大海并已淡忘了它的时候,奇迹发生了,负责收发的王叔叔给我送来厚厚一沓信,这只是开始,接下来,如井喷一般,我每天可以收到几十甚至上百封信。这样的场景,颇有点像哈利波特收到魔法学校的通知书一样,绵绵不绝,让收信人和旁观者惊叹不已,以为发生了什么严重的事情。

这些信,有的是表达与我相同困惑的,有的是对我进行安慰和鼓励的,

有的是提出交友的,有的则是表达爱情的。当然,也有一些广告或寄两元钱出去十天之内就会有幸运事发生的金锁链之类。表现形式,则有诗歌、散文、绘画,有人甚至送上了签名的照片或小小的礼物。

面对这突如其来的"明星级"待遇,我有些受宠若惊,搞了半天才知道,是三个月前那封信发表了,这家百万级发行量的刊物,其影响力简直太可怕了,我辗转买来那杂志,翻了很多遍,才在一个角落里发现了我那封删头去尾但保留了通信地址的信,短短的几行字里,表现的是一个孤居山区的少女寂寞而渴望交往的心情,无怪乎会收到那么多信。

最初几天的信,我是怀着好奇心和喜悦感认真阅读并回复的。再过几天,则开始变得熟悉甚至麻木,回信也变得有选择性了。对于我来说,无论两毛钱的邮票还是回信的精力终究还是有限的。

这种热闹的场景维持了一个月左右,直至下一期刊物出版,新的笔友信息又出来以后。就像大潮退去沙滩上顿时安静下来,只剩下星星点点的小贝壳一样,我的生活也渐渐平静下来,只留下几个可以长期通信互诉衷肠的朋友。

这些朋友中,有来自云南的,时常为我送来各种民族风情的信息;有来自四川的,为我带来川西高原阳光与草场的气息;有来自东北的,为我传来夹着寒意的山林意味;有来自上海的,为我捎来都市的繁华与诱惑……

而最让我印象深刻的,是来自厦门的一位笔友,他每次信中,都会用写着诗的纸包着一个小贝壳,小贝壳里包着一张小小的照片碎片。我最初并不懂得里面有什么玄机,只是很享受这轻易就能感觉出的细致营造出的诗意与浪漫气息。这对于一个十七八岁未见过大世面但内心充满各种绚丽想象的女孩来说是颇具杀伤力的。直至某一天,无意中把他寄来的贝壳放在一起,所有照片残片也集中了,渐渐可以拼出一个人形来——这就是他的样子。

他是厦门一所大学的学生,因为偶然的机缘在杂志上看到我写的那段

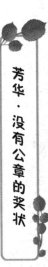

话,他觉得是一首寂寞而忧伤的诗歌。那时,校园里的年轻人很多都喜爱诗歌,他也不例外,他不仅写诗,还有比写诗更厉害的想象能力,从那段被节选的文字中,想象出我是一个幽囚于山林中与世隔绝的美丽少女,充满饥渴的眼睛正在等待着外面世界的风景。于是,他不断地给我寄来厦门的明信片,或亲手绘制的简笔风景画,还有从海滩上捡回的小贝壳,用自己的诗包着。这样的信,总能让人感到愉悦,并对寄信人充满了好奇和想象。

照片拼好之后,我看到了他。老实说,他的样子并不帅,黑黑的皮肤,浓而黑的眉毛,小小的眼睛尖尖的下巴厚厚的嘴唇,因消瘦而凸起的脸颊上架着一副琥珀色的眼镜。如果说,这张照片是在来信高峰期突然出现,我们的交往肯定不会开始,而通过化整为零循序渐进的方式,在不断的交流和沟通中,慢慢接近,则容易接受得多。不得不承认,他这招管用了,在经过很长一段时间的铺垫之后,我被他的内心世界吸引,对他的外表,就不再有排异的感觉了。

之后,我给他寄了照片,没有"见光死"。再后来,信的内容开始升温,我们彼此视对方为恋人,并相约等他毕业后一起去广东打工。一年后,他去了东莞,并很快成为技术员,领技术员工资的第一个月,他把工资寄过来,并写了一封长达十几页的去东莞攻略,在哪里坐火车,在哪里转汽车,在哪里转公交车,在哪里,就可以看到手捧鲜花面带笑的他……

那是我们最后一次写信,之后就一直在一起,再以后,就有了你。孩子,记住哦,你来到这个世界,都是因为那些信——你,我,他的命运,因那些信而改变。

王薇拉的小西服

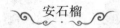

安石榴

　　换季节的时候,添置新衣物,王薇拉多么希望自己说了算呀,想买哪个就买哪个,喜欢谁就是谁。也许这次也一样,妈妈不会妥协,允许一个初中二年级的女生为自己的事情称心、高兴哪怕是一周时间。不,妈妈不会允许。

　　王薇拉要添置的物品如下:

　　一双运动鞋

　　一条牛仔裤

　　一件小风衣

　　一只书包

　　她取出一张水粉色的记事卡片,用一只黑色的碳素笔把它们写在卡片上,像一首小诗那样排列成四级台阶。王薇拉端详着卡片,不禁心惊肉跳,每一件都致命般重要,如果全由老妈摆布——她总是称妈妈为老妈,无法想象老妈会混搭成什么不堪的样子——她就不要活了。

　　"我今年长了一岁,是否获得一些与之匹配的权利,老妈?"王薇拉试图与妈妈谈判。

　　妈妈用中年女人特有的果断态度,爽利回答:"倒是有些道理。不过,你要知道,权利总是和责任、义务更匹配一些——"

　　妈妈仿佛说了半截儿话,王薇拉没有理解,却隐隐地觉得妈妈采取了与以往不同的态度,她问了一句:"什么意思?"

　　妈妈反问:"你是什么意思?"

　　王薇拉放弃揣测妈妈的意图,循着自己的思路,竖起三根手指,说:"我自己选购其中三件,书包由你做主。怎么样?"王薇拉想,如果书包太难看,她就继续用旧的,衣服嘛实在是不愿意妥协。

　　王薇拉说完就看住妈妈,深深地看住。可她并不知道接下来会是什么。

　　妈妈笑了,说:"我给你一个权利,你在四件中选一样吧。"

　　没想到的事情终于发生了,虽然期望大幅度缩水,但到底是一个突破。王薇拉脑子里立马绽放一朵云,云朵里飘浮着一件春秋衫,那是一件蓝绿色短款公主风格的小西服,底边有一圈同色蕾丝装饰,袖口的某个细节,收腰的四条弧线,都有乖巧的同色蕾丝小花边。王薇拉早就看上它了。她不想跟风满大街的套头帽衫儿。她就要它了。

　　周日,王薇拉确定那款小西服仍然是她的最爱,她小心翼翼又欢欢喜喜地买回家,马上穿起来。

　　可是,仅仅三天,王薇拉就发现了一个大问题。王薇拉小西服里面只搭一件短袖T恤或者一件小吊带背心儿。小西服的纤维衬里用料太低劣,总是粘在她的胳膊上。王薇拉感觉就像自己裸身裹了一层塑料布,还是非常仔细地裹好、不留一点儿缝隙的那种。王薇拉的两只臂膀又潮又闷,整天黏糊糊的,极不舒服。一周时,王薇拉达到了忍耐的极限,决定跟妈妈提出淘汰小西服。虽然是她自己选择的衣服,虽然穿了仅仅几天,但是,淘汰它的理由也正当啊,没有哪个母亲会为了一件几十元钱的衣服而狠心逼迫自己的女儿忍受痛苦。王薇拉知道妈妈不会责备她,会马上给她买一件新衣服。

　　周六的下午,忙了一周的爸爸妈妈悠闲起来,心情大好,王薇拉刚想说小西服的事情,爸爸热情洋溢地提议,一家三口出去吃饭,然后看电影,再打

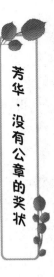

一场台球——爸爸说来个台球比赛。王薇拉和妈妈兴致勃勃,一齐听爸爸讲解三人台球规则。妈妈还懵懂着,王薇拉已经全掌握了,转而给妈妈进一步讲解,小西服的事情暂时忘掉了。在饭店等菜时,三人自由漫谈,气氛超好,王薇拉再次放弃小西服。看电影全神贯注,小西服竟跑得无影无踪。打台球求胜心切,把一切外来干扰全部屏蔽掉。此时,那件小西服静静地在家里的阳台上晾着,带着一股春天的太阳的味道。

周一,王薇拉从衣架上取下小西服,穿在身上。她想:穿着它,有点儿闷,有点儿潮,有点儿不舒服,那又怎样? 小西服既然是我自己选择的,就必须承担它给我带来的后果。这时候,她才彻底明白,没有跟妈妈提出那个请求,根本不是因为这样那样的原因,而是自己最后的也是最真实的决定。

夏天到来的时候,妈妈说:"需要添置什么,怎样购买,你一个人决定吧。"

这是王薇拉完全没有想到的另一个后果。

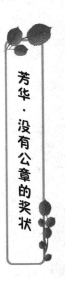

这些都不是真名字

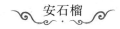

安石榴

　　我在林区一所职业高中当老师的时候——当时还是班主任,有一天夜里,管宿舍的老师报告教导处主任,说有个女生就寝时未归。

　　教导处主任姓姜,是一位退了休又被返聘回来的老同志,也和我们这些年轻教师一样住宿舍。他都六十岁了,特别爱操心,脸上全是皱纹,是个又认真又没脾气的人,我们当面都可以叫他老姜头。

　　他披着一件毛料中山装外套来敲我们女教师宿舍的门,告诉我这件事。

　　我一边起身一边问:谁呀?

　　他说王玉玉。

　　我说,这倒不出所料。

　　我出门来借着走廊的灯光看到老姜头急得一脸的汗,皱纹全都挤在一起了,竟有点儿想笑。

　　说实话,我当时没怎么担心,这不是因为别的,完全是因为我无知。

　　这所职业高中坐落在一个林场,而且是个非常小的林场,没有几户人家,没有固定的汽车客运,离它最近的一个小镇还有一百多里。林区人把离开林场叫下山。下山哪是件容易的事情? 我们进山都是学校雇客车拉进来的,下山也得依仗学校。那地方民风古朴,家家户户的门上连个上锁的门鼻

037

子都没有,哪有流氓呢?

我那时二十岁,我的学生也都十七八了,所谓夜不归宿就是谈恋爱去了呗,有什么大不了的——我就这么不懂事。

王玉玉不好看,她长了男孩子那样硬邦邦的腮,看着挺别扭的。但她有一双大眼睛,极其活泛,总是飞来飞去,加上嘴巴能说能闹,整天咋咋呼呼的。我挺不待见她,她也知道,见我也是敬而远之,躲得远远的。

我和老姜头先找了一圈。学校和宿舍相距一里多地,大半是山谷空地,长着矮树丛和乱草,宿舍附近才有林场的家属宿舍,也就几排平房,都在运材路一侧。山谷的夜是漆黑的,而且非常均匀,让人感觉处处都是黑暗,没有空间感。路上没遇着。学校的教室也是漆黑一片。我和老姜头用手电筒透过窗子逐一照过去,没人。知道纸里包不住火了才报告校长,又叫起所有的住宿老师去找,河滩、实习基地……折腾了一宿。

第二天早上,王玉玉回来了,毫发无损,笑嘻嘻的。原来她和一个当地的坏小子就躲在教室里!真是让人气炸了肺。

不过这件事没有下文,学校没再追究,到底发生了什么也没调查。那个坏小子不多久在山下的小镇斗殴致人死亡,在鸡西煤矿劳改时,遇瓦斯爆炸也死了——这是后话,不是瞬间的事。

有一天我从学校回宿舍,半路上,王玉玉突然从路基下冒出来,跟着我走,也不说话。

我没理她。她后来还是沉不住气了:安老师,你是不是认为我是个坏女孩?

我说,没有,我没那么想。

这是真话,学生们不讨厌我也是因为他们说我心口一致。学生们总是认为自己的班主任是告密者和两面派,我不知道这误解到底是怎么来的,但这似乎很普遍。

王玉玉听了我的话,竟跑到我前面给我鞠了一躬,说声谢谢安老师,转身跑了。

这件事不久,就发生了一件真的让我伤心的事情。

另一个女生李薇退学了。那是个文静的姑娘,笑起来头低低的,嘴角两个小酒窝,说话不多,轻声细语。退学的理由听起来有点儿勉强,她夜间去学校的公厕,游荡的当地坏小子把她吓着了。

她求我保守一个秘密,她说她的家族有祖传的精神病,一辈一个。可怕的是她这一辈还没出现,她怕吓出精神病来。

我说有那么严重吗,她说有。而且她父母和祖母也都要求她退学回家。

后来学生告诉我,李薇回家一年后就出嫁了,嫁给了她父母朋友的儿子。当年就生了孩子,难产,九死一生——她的家也在一个小林场,没有医院,只有一个卫生所。

五年后我离开学校,去一座陌生的小城工作。

有一天一辆自行车从我身后骑上来,突然停在我前面,王玉玉从车上跳下来大笑着说:我在后面看你走路,就知道是安老师。

王玉玉小腮还是硬硬的,眼睛仿佛更大更活泛了。

当时正是黄昏时分,晚霞在她身后衬着,使她鬓角边飞扬的发丝发出毛茸茸的金色的光,人看起来很美。

她说:安老师,你结婚没有呢?

我说:没啊。

她眼睛睁得大大的,很吃惊,说:还没有啊,我都结了两次啦!

我笑得说不出话,她可能也发现自己的话好笑了,马上爆发一阵嘎嘎大笑。

我不做老师已经很久了,二十几年了。我渐渐懂得了人间世事,也有点儿相信人生有命了,所以并不自作多情想这个想那个,牵挂这个牵挂那个的。有时候我都不太记得自己做过老师了,很多学生我都忘记了,就是在我面前出现,告诉我曾经是我的学生我都可能记不起来了。但我明白,我的内

　　心还是给王玉玉和李薇留了一块地方,在某些时刻,我会突然想起她们,会有一种似痛非痛的撕扯感一晃而过。正是因为这个,我总是小心翼翼地避开,从不去打听她们的消息。我甚至把她们真实的名字都忘记了。

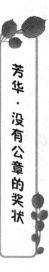

它们的规则

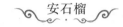

安石榴

秋天,二敏家的燕子飞走了。燕子的黑色影子还时常在二敏的脑子里盘旋着呢,燕子窝却住进去两只麻雀,两只小球一样肥肥的麻雀。

二敏发现的时候,吃了一惊:那是燕子的家呀!你们怎么可以住别人的家呢!

麻雀每天在二敏家人的头上飞来飞去,二敏有时忘了那是麻雀,它们从燕子窝里出来,大大方方地落在庭院中。它们总是突然降落,不像燕子那样低飞滑翔,二敏就觉得那不是麻雀,是两片落叶。麻雀落在地上莫名其妙地啄食,二敏跟着它们看,地上什么也没有,它们啄什么呢?

二敏家三间大砖房,中间开门。门上方有遮雨的水泥雨搭,燕子的窝就筑在雨搭和墙壁上。那一段时间,二敏看着燕子夫妻辛苦筑窝,一粒一粒的泥巴衔回来,粘在一起,从不厌倦,从不偷懒。终于筑好了,小小的出口,大大的肚子。

好聪明的燕子哦,出口和大肚子之间有一段窄窄的走廊吧,二敏想一定有些冷风和灰尘被挡在这个走廊里了,它们的房间又大又舒服,就像二敏自己的房间一样。

二敏负责打扫燕子落在水泥地面上的粪便和草棍儿,就像现在打扫麻

雀落下的粪便和草棍儿一样。不过,二敏心里总有一个问题,明年春天燕子回来了怎么办呢?

可是二敏不恨麻雀,这让二敏害羞,觉得对不起燕子。燕子飞走那天围绕着二敏好久,长尾巴轻轻拂了二敏高吊着的马尾辫,黑缎子似的羽毛,亮晶晶的眼睛,二敏都看得清清楚楚。然后它们长长地叹息一声飞过栅栏,飞上天空不见了。二敏哭了,她知道它们飞走了,整个冬天都不会回来。她怎么能不牵挂它们呢?

麻雀住进燕子的窝,燕子辛辛苦苦筑的窝。可是二敏不恨它们。它们也很漂亮哦,褐色羽毛上点着整齐的小黑点,尾巴翅膀短短的,嘴巴脖子短短的,憨憨的模样。二敏看到它们就想双手捧一下它们圆圆的胖乎乎的身体,一定超级好玩儿呀!

二敏觉得很美,燕子飞走了,麻雀来了,总有小可爱陪伴她。

冬天来了,麻雀更胖了。下大雪的时候,地面、草垛、场院都被大雪覆盖了,二敏担心麻雀找不到吃的,她扫出一块庭院来,撒下一捧小米。麻雀像两只小圆球跳跳停停地奔向小米,叽叽喳喳啄呀啄。

春天来了,小河解冻了,唱起欢快的歌儿,柳树的绿枝条随风飘动。二敏每天放学急急地往家走,走得一身汗,走得忧心忡忡。可是,那一场不可避免的尴尬还是让二敏撞上了。

一只肥肥的麻雀堵住燕子窝口,小脑袋隐在黑暗中不住地东张西望;另一只麻雀站在雨搭上,像公鸡那样戗起羽毛,吱吱尖叫。庭院里晾衣服的铁丝上,两只燕子并肩而立,它们吵得很凶,叫声很高。二敏还头一次知道燕子也可以叫得这样响!二敏和燕子的眼睛相遇了,她的心跳得好欢呀!只那一眼,二敏就已经明白,燕子窝的主人回来了。二敏还在傻站着,燕子双双飞起来,向燕子窝俯冲,那只戗起羽毛的麻雀立刻飞回窝中和另一只麻雀会合,死死堵在门口。燕子落不下,它们哀鸣着,再一次落在晾衣服的铁丝上。

怎么办呢？二敏急得要哭了。麻雀和燕子也暂停了争吵，似乎在琢磨新的办法。随后，又一轮争吵开始了，双方叫嚷得真厉害呀，铁丝发出细小的嗡嗡声，雨搭下簌簌地震落几缕灰尘。一只燕子高叫几声，震住了两只麻雀和另一只燕子，然后它们四个就屏住气息，歪着头，瞪起眼，一齐向二敏看过来。二敏也在看着它们，那些黑黑的亮亮的眼睛，就像暖洋洋的风儿，凉丝丝的月光，不能欺骗的呀！

二敏狠狠地点了点头，点过了头，才喃喃地说：是的，那是燕子的窝，我确定。

燕子沉默了，麻雀也沉默了。好久，一只麻雀在另一只麻雀的脸上轻轻地啄了一下，那一只的小脑袋马上贴过来，两只麻雀紧紧地贴着贴着，然后，它们飞出燕子窝，没有停留，飞得无影无踪……

那天晚上，二敏睡觉的时候，妈妈给她另加了一条压脚被。

妈妈说：春寒哦，晚上冷呀，别冻着我的小宝贝。

二敏缩在被子里，蒙着头，偷偷地哭了。是啊，春天的夜晚真冷，麻雀到哪里去了呢？它们冷不冷呀？二敏怎么能不想它们、不牵挂它们呢？

小姑娘

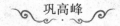

巩高峰

　　五妹来到我家的时候,我妈管她叫小姑娘。

　　我妈像捧着一件易碎品,踮着小碎步进屋,铺上被子,轻放,剥开包裹给她换衣裳。那个婴儿白白的,远远看像一只刚出壳的蝉。

　　那天晚上,我妈连饭都没吃,以一种怪异的喜悦抱着小包裹在屋里晃。没过多会儿,就跟来一帮人,前后左右的邻居都来了,全是妇女。这会儿,小姑娘才微弱地啼哭了两声,又怯怯地住了声。我妈连忙把包裹的被子打开,我第二次看见她,近距离的,我更加确定她像极了一只刚出壳的蝉,嫩得发白,几乎是半透明的。她好像知道自己终于被一对臂弯抱进这个家门多么不容易——像一只知了从地下到枝头经历的那么久,那么难。

　　后来我才知道,五妹能到我家,是先在周围邻居的妇女们手里转了一圈,我妈才捞着机会的。

　　我好奇地打量了一下姿势扭捏的我妈,她满脸少见的羞涩。我小心地问:"妈,她是谁啊?"

　　"你五妹!"

　　五妹这个时候又轻轻地啼哭了两声,如嫩知了伸展了两下翅膀,试探性的,又很娇弱,像是天黑时天上落下的第一滴露水,柔软易碎,晶莹得有点儿光芒。就冲这一点儿，我几乎从我妈满眼陌生的欣喜中，第一秒就接受了她真的就是我五妹。

芳华·没有公章的奖状

邻居们围着五妹，每个女人的眼里都有不舍，但又满含疑惑。不知道谁第一个发现路边草丛里会啼哭的小包裹，然后每个人都争抢着看了一遍五妹，说她很漂亮，也不缺手指，胳膊肘更不是翻着的。但是啧啧称赞五妹的漂亮之后，却都不敢让五妹在自己的怀里待太久。终于轮到我妈，她连看都没仔细看就把五妹抱进了家门。

拥进我家之后，邻居们鼓动我妈又试探了一下五妹的腿，两条一样长，很正常。她们又提醒我妈，说村里有传言，这个孩子被扔的时候包裹里有信，还有一沓钱。

当然，谁也不承认见过信拿过钱。最后的结论只能是，这个孩子有内病，你看她的嘴唇，发紫，肯定是治不好了，不然谁会把这么漂亮的孩子扔掉呢？

可是我弟弟都四岁了，我妈已经很久没有抱过刚出生的孩子，要不是邻居们提醒，我妈都想不起五妹这么柔弱无力的哭腔，可能是饿了。从此，我家那个大肚子陶瓷罐里的麦乳精就不再是我和弟弟的了，它跟我们每天都在拉大距离，因为五妹更需要它。尽管有时候弟弟有些不平，但我还是愿意的。

奶奶说了，老天爷保佑，这个小姑娘来我家是再合适不过了——我从小身体就不好，从没满月到上小学，大病摞着小病，屁股上的针眼儿就没消停过。我奶奶请了算命先生看了三回，结论是弟弟太旺，冲着我了，我妈应该再生一个小姑娘。可我弟弟是超生，已经罚干了家里的一切，再生一个根本不可能。所以，五妹是来帮忙的，她不仅从一个弃婴变成家里最受宠的小姑娘，而且还可能冲走我身上阴魂不散的邪门儿病。

我是不太相信的，五妹的声音太弱了，嫩知了的第一声都比她声音大，她靠什么冲走我的病呢？不仅如此，我妈还发现，邻居们说得没错，五妹的嘴唇真的是发紫，而且越来越紫。等到麦乳精把她喂到会翻身会爬会站还

想迈步走路时,五妹屁股上的针眼儿并不比我的少多少。而且,她的脑门上还有针眼儿,那是打吊瓶扎的。我也扎过,如果可以,我一辈子也不想再扎。

也许真的是奶奶的那句口头语起作用了:老天爷保佑! 反正我真的再没打过吊瓶,而且不仅不再有大病小病,连头疼脑发热都几乎没再有过。

可是五妹的嘴唇紫到发黑的时候,有一天她正打着吊瓶睡着了,再也叫不醒。

我妈说五妹有心脏病,在肚子里痛,打吊针是在外面痛,以后里外都再也不会痛了。说着说着,我妈突然满脸都是眼泪。

但是我屁股上的针眼已经好了,很快就忘记了疼痛是什么滋味。只是想起五妹时心里会有点儿难过,五妹刚学会叫我三哥,她学会的头三句话是妈、奶和三哥。她不会发"三"这个音,但我知道她在喊我三哥。

之后,家里所有关于五妹的东西突然都没有了,我不知道哪去了。我趁着自己在家的时候到处翻找过,只从奶奶的箱子里看到五妹的那个小被子,当初就是它把五妹包成一个小包裹,被我妈抱进家门的。

我妈恢复了每日下地干活儿、回家做家务的旧日子,看不出来她有多伤心或者是不伤心。但是在和邻居们的聊天中,再没听到她提起过五妹。是忘记了那个柔嫩得像只蝉的小姑娘了吗? 我不知道。但我知道我奶奶肯定没忘记,不然她不会把包裹了五妹的小被子藏在她最宝贝的樟木箱子里。

那年夏天的一个午后,奶奶坐在院子里用大石臼捣萝卜,准备包包子。我坐在小凳子上做我人生中的第一本暑假作业。阳光从树枝间斑斑驳驳地洒下来,院子里静得只剩下奶奶一下一下捣萝卜的开裂声。忽然,"嗤"的一声,一个小东西顺着枝叶间透下来的碎阳光掉了下来,正好砸在奶奶正在挥锤子的右胳膊上,再悄无声息地落到地面。是只蝉,季节已到,寿命已尽,两只透明的翅膀紧紧地贴在身体两侧,这让它显得通体晶莹而透明。

我抬起头,有些恍惚,看了看突然停下动作的奶奶,奶奶竟然在微笑,还轻声呢喃了一句:这是我五孙女看我来了。

小流浪

巩高峰

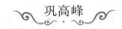

夏天的一个中午，我妈在擀面条，面皮已经成形，只要再擀薄一些，就能切成面条了。

我大姐在一旁郑重地把地球仪摆在面前的椅子上，一手轻轻转动着花里胡哨的地球，一边往作业本上抄字儿。二姐忍不住好奇，总想伸手去摸，但每次都被大姐及时拦住。大姐说过，地球仪是从老师那儿借来的，只能看，不能摸！

我坐在小板凳上不安地扭过身子，向我妈求证："妈，大姐说地球像那个球一样，是圆的。"

我妈肯定明白我的意思，我问过她无数次，每次她都说是平的。不过我还是相信我妈，要不是她，我一直以为地球就是我们村这么大呢。

我妈瞥了一眼地球仪，说："当然是平的，就像这面皮一样。"

我眼前立马呈现出画面：从我家门口，东西南北四个箭头，直指外村、外乡、外县、外国。于是我笑着问大姐：地球要是这么圆，屋后顺河里的鱼、水上的鸭子和鹅，早流飞了吧？

大姐"哧"的一声笑，连头都没抬，不屑道："你懂什么，就知道白水面条，越吃越笨。"

我二姐看了我脑袋一眼,也跟着哧哧笑。

我妈显然火了,我所知道的都是她教的,大姐笑话我,也就是笑话她。所以我妈眉毛一横,怒道:"地球是圆的,你告诉我,从哪个村开始圆的?地球对面的人都倒着干活儿、吃饭、睡觉?"

大姐的嘴张了几次,还是没说话,低下头只顾写作业。二姐不服气,帮腔说:"地球很大的,别说几个村,就是几十条顺河接起来,对于地球来说也不过就像牛身上一根毛。再说了,地球有引力,自转,也公转……算了,说了你也不懂。妈,以后你别乱教我们,不懂就算了,教错了让人笑话……"

二姐话音未落,我妈就急了:"我整天辛辛苦苦下地干活儿,回家做饭,卖猪卖牛卖羊给你们上学(我可以做证,只卖过猪),就是让你学着顶嘴笑话人的?!"

说着,手里的擀面杖就举起来了,二姐起身就跑。

看起来我妈赢了,可二姐的话却字字都说到我心里。虽然我不懂什么引力、自转、公转,但是我知道,大姐和二姐说的都是书上学来的,我妈不会花钱让她们到学校去学习怎么胡说八道……

那天中午,二姐的话像一瓢水泼过来,我心里早就充满怀疑的那颗种子,被浇发芽了。

我觉得我必须出门去验证一下,这个决定让我兴奋莫名,所以那天我妈不小心在面条里放了葱花,还有姜丝蒜末,我都没发觉,吃了一碗又一碗,因为这是我在家里吃的最后一顿饭。下一顿?我没想,那会儿我应该已经流浪到地球的另一边了吧。

我若无其事地出了门,心里豪迈极了。我不留恋家里的人,反正迟早还会回来的,可是我的狗赛狮从来没离开我超过一天。我盯着趴在地上伸着舌头的赛狮一直看,不知道该怎么解决这个问题。似乎是读懂了我的心,赛狮突然站了起来,蹭着我的腿,跟我出门。

眼见出了村,我呵斥了无数次,可赛狮死不回头。我想,赛狮愿意跟就跟着吧。既然流浪，它陪着我，起码是个伴儿。

我第一个目的地是黄圩街，我们黄圩镇的中心。

我知道，黄圩街就在西南角方向。我爸说过，黄圩街澡堂里的青萝卜是世界上最爽口的东西，我妈说不对，黄圩街的胡辣汤才是最好吃的，我大姐说黄圩街的镇中学是最漂亮的学校。

我朝着西南，一直走。

太阳在树叶间跳跃，我跟着它走。没多久，我就开始后悔没带上一壶水。赛狮倒没这个困扰，在我折玉米秆呷汁液聊以解渴时，它在沟里喝了个饱，然后在路边的树根不停撒尿，幻想着扩大自己的领地。

我的衣服湿了干，干了湿，头晕，困，乏，腿脚酸疼。但我知道，流浪是肯定要吃苦的，再说我的目标如此豪迈，我可是去亲眼见证地球到底是平的还

是圆的!

太阳慢慢变红,躲到玉米地里去了,天色开始变暗。最先表示出动摇的,不是我,是赛狮。我知道它不怕累,可是天色越暗,它看我的眼神里疑惑越多:我们到底要去哪儿?还要多久?你撑得住吗?

我承认我撑不住了,渴、饿、累。我从来没想过流浪也是要喝水要吃饭的,还有,天色越来越暗了,在哪里洗澡睡觉呢?明天谁叫醒我?早饭吃什么?

我突然特别想吃我妈贴的菜饼子,我姐每次都会帮我抹上一层辣椒酱的……

我摸着脚上磨出的两个泡,六神无主。看着前面闪烁的灯光,应该是黄圩街,我拍了拍赛狮的脑袋,告诉它,起码我得找到第一个答案,就是黄圩街在那里。

赛狮摇着尾巴在前面走。第一个亮着灯的房子就摧毁了我的最后一点儿勇气,我满怀希望地问这是不是黄圩街,屋里正在吃饭的一家人都笑了。一个比我大不了多少的男孩说,这是武圩"街"。他爸爸奇怪地看了看我,盘问我是谁,从哪里来,要到哪里去。

我支吾了一下,说是走亲戚的,便带着赛狮连忙离开。

我慌了。那个男孩在骗我,根本没有武圩街,武圩是个村,在东南角,难道我走反了?

我的流浪刚刚开始,就结束了,长达半天。最后是赛狮带着我回去的,天黑透了,我根本不知道路在哪儿,只好对赛狮说,回家。赛狮一声欢呼,掉头往回走,就在我累得差点儿要让赛狮驮着我时,迎面来了吵吵嚷嚷的一帮人,拿着手电筒四处照,还有乱七八糟的刀枪棍棒。

是我爸我妈带着邻居找我来了。

后来据我妈说,幸好那天我带着赛狮,在认路上,狗记千猫记万,否则我会流浪到哪里去,真不一定。

尖果儿

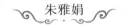
朱雅娟

　　莲心突然想吃李子,不是梅李,而是那种成熟后还如绿玉般生硬、间或笼着云雾似的轻纱的果子,倔强却那么伤感。这些家乡的果子,不以柔弱甜美献媚,酸涩中有隐隐的苦,苦涩中呈淡淡的甜,一如莲心过往的青葱岁月。

　　但这种李子莲心吃不上。莲心在北京打拼很多年了,很少在李子成熟的季节回家。七八月份正是莲心最忙的时候,全国各地有很多家长都趁着暑假带着孩子游玩,北京有天安门,有人民大会堂,有人民英雄纪念碑,有毛主席纪念馆。川流不息的天安门广场,好多人都要喝冷饮降暑,莲心的生意好得不得了。

　　在天安门广场有个饮料摊,尤其在二十世纪九十年代,许多北京市民想都不敢想的,但莲心就做到了。那会儿莲心刚刚初中毕业,虽然身材还没有发育好,但模样周正,小嘴儿也甜,很快搭上了天安门广场有流动饮食车摊的大叔。晚上收摊儿了,大叔就带着莲心上三里屯。那儿有酒吧一条街,一边儿是静吧,一边儿是闹吧。

　　莲心和大叔都喜欢闹吧,里面的人吵吵嚷嚷,摇滚音乐的声音很大,能震碎人的耳膜,基本上都有驻唱歌手。有些闹吧还有 T 型台,有走秀的。

　　莲心跟着大叔学会了跳迪斯科,也学会了吸烟喝酒。

"这是我的果儿。"

几杯啤酒下肚,大叔就搂着莲心到处跟人打招呼。果儿是北京土话,尤其在摇滚圈最流行,意思是长得还行的姑娘。

"收了?"

"哪能?再长长呗!"大叔笑得眼睛眯成细缝。莲心默默想,那是,还得四个月自己才满十六岁。

到后来,莲心就跟了大叔,再后来莲心就成了这辆流动饮食车的实际摊主,而大叔只是挂名的。说到底,莲心是外地人,管委会不认她。

莲心本来是想跟着大叔,可以混个北京户口。谁知道大叔在三里屯那儿,又认识了其他的果儿,而且还是个"尖果儿"。尖果儿,也是北京土话,意思是特别漂亮的女孩。

大叔本来是想赔俩钱儿,让莲心卷铺盖回家。谁知道莲心拿出几张医院的人流单在大叔面前一晃:"我让你白收了?单子上有日期,我没满十六岁就让你收了,还有了小果子!"

于是莲心就成了摊主。

记忆中莲心有年暑假回了一次家,而且还是被收容站遣送回去的。那时天安门广场旁边有收容遣送车,凡是没有办理暂住证的在京滞留三天以上的外地人都有可能被遣送回乡。据说遣返也有任务,于是有次莲心也被遣送还乡了。遣返的片警满怀歉意:"这是政策,没办法,没办法啊。"

莲心着急得上了火,满嘴的燎泡。才被送到家里炕沿还没坐热,莲心就又急急忙忙搭了个三轮车往车站赶,她的摊还没收哩。

顺利坐上开往北京的火车,莲心才有点儿后悔。家院子里的李子树果儿结得正欢,绿宝石似的,笼着一层白纱,既妩媚又妖娆,可莲心却没顾得上吃一颗。甚至卧床生病的奶奶,莲心都没能多拉一会儿她的手。

女人老在外漂着,哪能没有个家?莲心终于又跟了个有北京户口的,就在朝阳区北沙滩那边,虽然离天安门远了点儿,虽然那老小子腿有点儿瘸。

老小子成天光着膀子穿个大裤衩,摇个大蒲扇,趿拉着一双人字拖,到处乱吐痰,到处侃大山。但莲心就喜欢这个劲儿,北京土著,外地人学不上!

北京申奥成功后,北沙滩那块建奥林匹克场馆,莲心和老小子被安置到北五环之外。没了胡同,没了四合院,也没了租客,日子过得紧巴起来,老小子必须也得务个工。莲心每天挤完公交挤地铁,天没亮出门,摸着黑回家,心里的怨气就越积越多。他们守的这套房虽然天天升值,到现在市价已经过千万,但没多余的房子,再贵也不能变成钱!

莲心后来还见过大叔,那老混混儿还是在女人堆里打滚,见着莲心就把脸别过去。

"呸,苍果儿。"老混混儿轻蔑地说。

莲心听着了,扑上去又抓又挠:"你个老混混儿,你个畜生。别以为你身边全是尖果儿,其实都是被别人穿过几千遍的破鞋!"

莲心尖厉的声音像钢丝一样刺穿了人群的喧嚣,一些人围过来,但更多的人只是瞧瞧,忙着各自赶路。

大叔报了警,老小子保释莲心后提出了离婚。老小子说莲心丢了他的人。被人骂又骂不掉肉,还用指甲剜掉人家的肉,活该进局子,活该离婚。

"你就是个苍果儿,丢了咱北京人的脸。"老小子时常指着莲心的鼻子骂。

莲心很想扑上去剜老小子的肉,但还是忍住了。虽然两人离了婚,虽然老小子时常带其他尖果儿鬼混,但他们还得在一套房子住着。这就是现实。

莲心收到了爹娘快递来的家乡的李子,才咬一口,莲心的泪就扑簌扑簌掉下来。莲心翻了翻日历,是该回家乡看看去了。

卡萨布兰卡

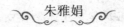

朱雅娟

　　如果可以，我想在这个小城市开一家花店。这家花店不需要很大，只卖一种花，那就是香水百合。

　　其实我有鼻敏感，闻不了花香。一到春天，或者在秋天，就会从早到晚不停地打喷嚏、流鼻涕。吃过好多抗过敏的药，尤其是药盒上印着个绿巨人的那种，吃得我的脸也绿了，但收效甚微。我也试过很多偏方，比如拿一块红砖搁在火上烤，等烤热了，再把醋浇上去，"哧溜"冒出一股热气，然后狠狠地嗅。再比如把鼻子浸在冷水中，吸进去又擤出来，吸进去又擤出来。还有，就是把大蒜捣成汁儿，用纱布过滤一下，把滤出的蒜液灌到鼻孔里……

　　都没用。

　　但当我遇上萨晓静时，我的鼻敏感变得很轻微。应该是爱情的力量吧，但萨晓静不以为然。她伸出葱白的玉手，中指探到我的茶水杯里蘸一下，做个兰花指，顺势将拇指与中指一弹，我的脸上便"润物细无声"了。

　　萨晓静认真地对我说："这是观音大士的甘霖。"

　　"那应该还拿个净瓶，再插个杨柳枝什么的。"我说。

　　妈妈也喜欢萨晓静，甚至睁一只眼闭一只眼任她留宿在我家。老爸想说什么，都被妈妈制止了。外爷反对的声音就很大，他觉得我大学毕业几年了,还没有找工作,现在找女朋友,为时过早。

萨晓静也大学毕业一年了,待业中。听说她大学时谈过一个男朋友,是个"官二代"。两人说好一起去法国留学,但最终只有男方去了。

"为什么呢?"我问。

萨晓静的手指又在茶杯里探了一下,捏个兰花指却停在半空。

我的胸口隐隐有痛,不是妒忌是爱怜。我大学时也谈过一个女友,我们同居了两年。毕业的时候她留校了,嫁给了学校的一个资深教授。她喜欢香水百合,所以结婚的时候我并没有去,只是网购了香水百合送给她。花只有三枝,花语却是四个字:易变的心。

萨晓静从来只是静静听我讲恋爱史。有时候她会有瞬间的动容,但立刻就变成一抹淡淡的微笑。

"你都有什么恋爱史啊? 讲来听听。"我非常迫切地想知道一切。

"大家都是成年人,谁还没点儿故事啊?"萨晓静的语气还是淡淡的,"往事就不要再提了。"

后来萨晓静告诉我,其实她也喜欢香水百合,只是她一向喜欢叫它卡萨布兰卡。

我立刻换了手机铃声,没错,就是那首叫《卡萨布兰卡》的英语歌。我告诉她:"在网上找了许久法语版的,可惜没有。"

萨晓静白我一眼:"傻瓜,这歌并不是《卡萨布兰卡》的插曲,而是一个美国歌手和女朋友看完电影,写给女友的。"

"他们在一起了吗? 结婚了吗?"

"当然。"

我给了萨晓静一个熊抱,动情地说:"我要开一家花店,只卖卡萨布兰卡。"

萨晓静伸出手指又去茶杯蘸水,我闭了眼享受地等着她"天赐甘霖",但几秒钟过去了都没有动静。我睁开眼睛,看到妈妈严厉的眼神。

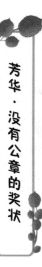

芳华·没有公章的奖状

"少条失教。"妈妈咕哝一句就离开了。萨晓静冲我耸耸肩,没事人一样坐回沙发上。我忐忑了很久,却没看到萨晓静有半点儿不高兴。

夜半,我看到萨晓静坐在阳台上抽烟。我走过去搂住她的肩,她的泪就哗啦啦流下来了。

萨晓静走了。其实她并没有离开这座城市,只是从此不再出现在我的生活中。

我的鼻敏感又变得很严重。妈妈无微不至地关心我,偶尔也感叹一句:"现在的女孩咋就那么玻璃心啊!鼻子里纯粹不钻烟。"

花店始终没能开起来,我每天抱着各种考试书籍,参加各种公务员考试培训班。

再见萨晓静时,她已经成了一家花店的老板娘。她的花店只卖一种花:卡萨布兰卡。

妈妈怕我受刺激,让我戴好口罩,拉着我急急离开。妈妈一边走一边摇头:"花店只卖一种花,烧脑又烧钱哦。"

我回头看着萨晓静,她微笑着捏了个兰花指,我冲她挑了挑眉毛。

没错,花店是我俩开的。我们联合许多待业青年,在郊区开办了一个较大规模的百合种植基地。等到秋天,我们可以收获许多百合的鳞茎,可食用可药用。

"尤其,是对你的鼻敏感有用。"萨晓静悠悠地说。我在她耳边打了个响指。

"这个叫男版兰花指。"我低下身子吻住了她。

假小子的手

田洪波

假小子是电影院把门儿的。

假小子叫什么不知道。她常年戴一顶黄军帽，走路喜欢迈八字步，两只手总是习惯性地插在裤袋里，只在撕票时才露出一双白皙的小手。

那会儿，也只有那会儿，我们才会惊得跟什么似的知道她是一位阿姨。

她每次吼喝我们一帮调皮的伙伴时，那粗门大嗓实在让我们害怕，也让我们一直把她当成男人看。

她在我们的眼里是严厉的。无论你想什么法儿逃票，其实，都无法躲过她机警的眼睛。

那个高不过三尺的门过道，即是她日复一日的工作舞台，也常是我们无法逾越的一道屏障。

她撕电影票存根时往往很认真，不急于让持票的人过得她那三尺舞台，总是看清了票面背后的日期，确认人和票数相符才会放行。她挥手示意对方可以进场后，常会引得观众自觉不自觉地说一声：妈呀，小手挺白！

在那个三尺舞台上，她总是她三个同事中的主角，只有在电影快开映时，她才会从那三尺舞台上退下来。

她会回休息室，找出一柄贼亮的电棒，进电影院观众大厅清场，摇身变

为任何一个逃票者都害怕的"凶神恶煞"。

实际上，她对电影开映后摸黑进场的观众是相当温柔的，总是不厌其烦地为他们找到应坐的座位。但对于借言是某某的小姨子姑父之类的逃票者，她却毫不迟疑，立马将之清出剧场，连比他高出一头的壮男大汉也不怕。

我们对付她的办法多半是打游击，只要浑水摸鱼溜进剧场，我们是绝不甘心再被假小子发现清出场的。她在前场清人帮找座，我们就迂回到后场，她到后场来我们再悄悄哈腰踅回前场。

也有被她抓现行的时候，她总是不客气地质问我们其中的一两个，是不是又逃学了。如果对方老实地点头承认，那多半会被她像拎小鸡一样地拎出剧场的。

闹得最凶的一次是胖小，他也许是被假小子拎得脖子疼了，居然在半路中狠狠地用脚去踹假小子，把假小子一下踹火了。

啪！假小子毫不客气地抽出那只白皙的右手，给胖小来了个重重的大脖溜。

胖小给打哭了，疯了一样地跑回家去。

自然，胖小的父母风风火火地找上门来了。听说是假小子动的手，胖小的父亲叹了口气，胖小的母亲也嚅动半天嘴，终没说出什么。

假小子让我们几个同去的小伙伴做证，她确实是打了胖小一巴掌，但那完全是气愤于他撒谎。

道理完全站在假小子一边，胖小的父母不好再说什么。假小子也似心疼地要去胖小家里看看孩子，但胖小父母连连摆手说不用，急匆匆地又返回去了。

这件事，让我们几个小伙伴收敛了不少，有几次实在无钱买票，干脆就将耳朵贴在门上过瘾。但后来还是被假小子发现了，她眼神复杂地望向我们问：作业都写完了？不是逃课？见我们肯定地点头，她挥出她那白皙的手，进去看会儿吧。

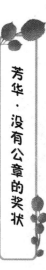

那对我们无疑是求之不得的赦令，尽管我们看到的，常常只是一部电影的后半部，但因为她那样的放行，我们的日子常有讲不完的电影故事，以及对她的种种印象之说。

记得听父母谈起过她相亲的事，人家听说被介绍的是鼎鼎大名的假小子，多半都会摇头而退却。虽然有时，她也会从岗位上被同事强行推走去相亲，但每次她都会很快回来。不用问，同事们就能从她的脸上读到答案，那会儿的她，对不遵守规则的观众往往是最严厉的。

假小子真正引起轰动是在一个夏天。那天，天气出奇地热，尽管假小子多次制止了多名观众吸烟，电影上映到一半时，还是不知从什么地方先引起了火灾。

恐怖的火光中，只听见假小子喊出让孩子先走。但场面实在是太乱了，大人叫孩子哭，纷纷拥堵向门口。假小子就急眼了，狠狠扇了其中一个大人的耳光，腾闪出来，迅速和同事打开了几个安全门。我和同伴们往外跑的时候，还依然听见假小子声嘶力竭地叫喊：不要乱，不要乱，让孩子先出去！

那场大火烧塌了县城唯一的娱乐场所，也烧死了假小子。在事后清理废墟时，我们看到了残垣断壁中露出的一双小手，那是一双焦黑的手。

听人说，她是为了救最后两个孩子被房梁砸倒的。

许多人都围站在那里，突然就有人哭出了声，那哭声一响起，很快就引起更大的哭声。泪眼蒙眬中，我们眼前晃动的依然是她那双白皙的手。

那曾是一双多么漂亮的手啊！

盼　哥

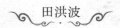
田洪波

那时我十岁,哥每次从知青点归家之日,便是我的盛大节日。十九岁的哥像变戏法一样,会变出许多好吃的。我大呼小叫,会一蹦三尺高,把自己的身体悬在哥哥身上,逼着他打转玩儿。

哥是神,是我希望的明灯,照亮了我的世界。很多次梦见他,明明是欢声笑语的场景,醒来枕边常是湿的,我会哭很久。母亲常陪着我哭,直至再把我哄睡。

盼哥回家,成为我最大的心事。一进入腊月,我就开始用铅笔在日历上勾画。瞧见哥的身影,不啻看到一轮太阳,会不顾一切扑上去。

哥每次都会满载而归,木耳山鸡榛子花生猪牛羊肉,甚至是小苹果。这一夜,我会坚守在灶台边,把肚子吃得圆鼓鼓的,才会恋恋不舍睡去。早起睁开眼睛的第一件事,还是惦记锅里那点儿好吃的。酸菜炒肉是我的最爱,父母和哥都看着我吃。母亲总是湿润着眼角,不住地看哥。

第二天晚上,鸡肉的香味把我的口水勾出来了。母亲盛出几碗,由哥给几家邻居送去,我的视线会被牵出很远。那几家邻居有五保户孙奶奶、曾经的大学生郭老师一家、小瓦匠一家。

端起饭碗,我吃得飞快。哥让我慢点儿,把肉往父母饭碗里夹,说他在

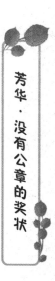

知青点常吃。父亲沉默不语，也不动筷，母亲则一直用衣襟擦泪。我顾不得许多，我的眼里只有鸡肉，我甚至开心地想：二胖、小梅他们今晚会吃什么？肯定不如我，因为我有一个哥，我的哥是神。

我很少想过为什么只有一个哥，并且比我大那么多，邻居家多是有五六个孩子。吃是我那时候的大事，我会嘴上冒油，得意扬扬地出现在二胖、小梅面前。

孙大娘她们会来家看哥，拉着哥的手说，好孩子！他们会聊很久，有时会流泪说，你们真不容易，你们还是孩子啊！听着他们说我听不懂的话，有时我会睡过去。等我醒来，发现他们还在聊，我很不高兴地想，是不是想留在我们家吃饭啊？哥带回家的那点儿东西可是有限的。我会闹情绪让她们早点儿走。

哥回来了，我嚷着要和他一个被窝睡觉。父母嗔怪我，你是女孩子，和哥睡不方便。我大哭大闹，就不，我就要和哥睡！哥最后笑着说，好好，我答应你这个跟屁虫。

哥跟我讲连队里的事，讲他们偷着打山禽野兽什么的，讲看露天电影吓尿裤子的事。有时讲不完，就留到饭桌上讲。无论哥帮父母干什么活儿，我都会一直追问下去，让哥很无奈。

我常盼望这样的日子多一点，有时写作业都会分心：哥快回来了吧？我在地图上查哥下乡的那个农场，地图上有标注，但不是很清楚，看着距离并不远。可哥每次回来，据说先要走六七公里，然后坐一夜火车，再走六七公里才能到家。那时我的理想是做发明家，发明一种能让火车变快的交通工具。

那年腊月，接到哥回家的消息，我高兴得天天踮着脚走路。可是，等到快天黑还是没见哥。父母很紧张，我也吓得花容失色，把母亲抱得紧紧的。

天擦黑，哥终于一瘸一拐地回来了，全家人都愣怔在原地。哥见到家人，一下子瘫倒了。父母急忙上前搀扶，才发现哥身上受了不轻的伤，有血

迹已经在脸上结痂了。一问才知,哥被两个小子打劫了。哥的反应很痛苦,连夜送到医院检查才知是左臂骨裂。

哥带回来粉条猪肉和面粉及一些杂七杂八的东西,且不说他怎么拿得动,单是被打成左臂骨裂,还能英勇地护卫自己不至空手,让人佩服。

父亲抽烟不语,母亲泪水流个不停,数落哥:你傻啊,命重要还是东西重要?哥笑着安慰母亲,都重要。然后看我一眼,妹还等着我这个有能耐的哥哥呐。一席话把母亲说得眼泪纵横。我在一边则气得大骂那两个丧良心的。哥微笑把我搂在怀里:你最近学习怎么样?

家里一下热闹起来。住院,哥是不肯的。他说不碍事,伤会很快好起来。邻居孙大娘她们帮忙打听偏方,居然很对症。哥一天天好起来,父母松了口气。但假期是有限的,后来只好续了假。哥表示听从天意,但他脸上分明写着心事,有时看着一处地方就分神了。父母以为他想连队,想战友,极力劝慰他。哥嘴上表示没事,私下依然故我,看得出他的心结解不开。后来臂伤还没痊愈,就执意回知青点。父母无奈,只能给他收拾东西。

这是我最开心的一个假期,因为和哥在一起时间长,哥这一走倒让我不适应了。我哭成了小泪人,万般不舍送走了哥。

一切都回到旧日的轨道上,大概过了一星期,家里突然来了几个神秘的人。来人是知青点领导和公安局的,他们告知,哥在火车上巧遇那两个打劫的人,双方动起手来,那两个人被哥打成重伤。据说哥已经被关押起来。不知哥要被关多久,我号啕大哭,母亲更是没日没夜地流泪。

母亲带我去探望受伤者家属。我走得深一脚浅一脚的,问母亲:哥什么时候回来呀?母亲瞪我一眼:你个小馋虫,还惦记吃!我说不,我是盼哥回家,你和爸爸好有个帮手。母亲愣怔了一下,欣慰地笑了,用手拂去我脸上的泪珠:小春长大了!我们一起等哥回来,好吗?

搂树叶

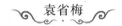

袁省梅

几股风刮过,天气就一日赶着一日地走向清凉,薄寒。树上的叶子一个夜里就能落一层,一个早上也能落一层。没有风,树叶子也纷纷往下落,好像地上有谁唤它们一般,窸窸窣窣,哗哗啦啦,匆匆地往地上赶。

爷爷站在院子,抓一把胡须上的风,喊一声,搂树叶子去。

爷爷夹着大的布袋子,奶奶夹着大的布袋子,我夹个小的布袋子。爷爷走得急,他是担心人家把树叶子搂没了,嗵嗵地撂着大脚催促奶奶快点。奶奶不理爷爷,悄悄地指着爷爷的后脑壳对我说,老财迷老财迷。我哈哈大笑。奶奶赶紧扯了我的手,警告我小心老财迷翻脸骂人。奶奶的一双小脚却拧来拧去快了许多。

刚走到村外,落叶就挡在了眼前。大的桐树叶子小的榆树叶子,铺满了小路。我张开袋子要搂。爷爷不让。爷爷给我使个眼色,走,前面去。奶奶捏着我的手说,跟着老财迷走吧。爷爷嘎嘎笑着,一双大脚踩得树叶子都飞了起来。

拐来拐去,爷爷带我们走到下牛坡边的树林子,不走了,抖开袋子,吼一声,搂。

嗬,果然是个落叶的世界。扑通一脚踏进去,叶子忽悠就跳到了半小

腿。密密实实，一片压着一片，一层盖着一层，一阵风吹过，又簌簌落下一层。没了风，叶子也飘落，一片追撵着一片。偌大的林子铺得十个棉被一般厚，好像全世界的叶子都飘落到了这里，好像这些叶子聚到一起就是专门等爷爷来搂。

爷爷一手扯着袋子，一手往袋里填塞叶子，忙得烟也顾不得吃一口了。奶奶也蹲在地上，搂一堆树叶子就往袋里拨拉。我扔了袋子，摔了鞋子，踏在毯子般的叶子上，一会儿又在"毯子"上蹦跳、翻跟斗，折一根树枝，把树叶串一串，当了马鞭子，或是旗子，举着呼啦啦疯跑。一会儿又搂起一把树叶，哗地向空中扔去。一边耍着，一边高兴地嚷：散花了，散花了……

爷爷性子急，担心搂不够冬日烧炕、引火做饭的树叶，担心他人搂光了树叶，一会儿就要抬头高声呵斥我一下，叫我不要贪玩，说不好好搂，看寒冬腊月不冻坏你个光屁股。又匆匆地低头装树叶。

奶奶跪在树叶上往袋里装叶子，白一眼爷爷，看着我，咯咯咯咯笑个不停，说，好好耍，甭理这个老财迷。

邻居六爷夹个袋子，站在林子外讪讪地说，这片叶子倒多咧。

爷爷不说话。我看爷爷黑沉的眉眼，知道爷爷心里跟六爷还别扭着。因为一根柴火，六爷跟爷爷昨天吵架了。奶奶使眼色叫六爷进来搂时，爷爷却说话了，还不进来搂等风把叶子都吹跑了还是等叶子都沤了烂了呢？

六爷欢喜地把他的旱烟袋子扔给爷爷，叫爷爷歇歇，吃上一口再搂。爷爷接了旱烟袋子，装了一锅烟，一吃，就皱起了眉，说没劲，又把他的旱烟袋子扔给六爷，叫六爷吃一口他的。六爷吃了一口就嘿嘿笑。爷爷吧唧着嘴，急急地问咋样，六爷不吭气，只管嘿嘿嘿嘿笑。爷爷也嘿嘿嘿嘿笑。我看见爷爷脸上的皱纹一层一层挤着往上叠。

所有的袋子都如爷爷所愿圆鼓鼓瓷实实地再也装不下一片叶子了，爷爷才满脸的红紫橙黄，也顾不上吃一袋烟，也不喊说腰疼了腿脚硬了，倏地将一个袋子甩到肩头，又叫奶奶给他的另一个肩上再放一个袋子，兴奋奋地扛着袋子往家送去了。

　　爷爷不让我们走,看一眼搂得正起劲的六爷,叫我们把叶子往一起堆,先占住,不要叫旁人搂走了,他把叶子装柴房,腾出空袋子,再搂。

　　奶奶咯咯笑着说,你瞅这老财迷,把个落叶子当个元宝了。

　　爷爷耳朵也不背了,回头要跟奶奶理论,像拉磨的驴子一样转来转去,却看不见奶奶。他的头被两边的袋子遮住了。我和奶奶笑得躺在叶子上。

　　奶奶找来软的树叶,给我编个蝴蝶;从水渠边拽来几棵狗尾巴草,给我编了个小兔子。我举着奶奶编的蝴蝶兔子在树叶上又蹦又跳。玩累了,奶奶和我躺在厚厚的落叶上,给我讲"猴娃娘"讲"七仙女"。深秋的阳光像个棉袄暖暖地盖在我身上,我睡着了……

　　如今,奶奶讲的故事还清楚地记得,与爷爷奶奶搂树叶的日子还清楚地记得,那些树叶编的蝴蝶兔子却找不见了,爷爷奶奶也找不见了。我站在小城的深秋里,看着日渐疏朗的树和光洁的街道,也不知道那些叶子都飘到哪里去了。

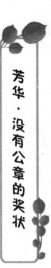

芳华·没有公章的奖状

拉　炭

袁省梅

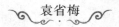

　　"走咧——"不等小叔的断喝声落地，他的背就弓了起来，一使劲儿，车子吱扭响了一下。小叔拉着车走，喊他跟上。他瞄了小叔一眼，觉得小叔弓背昂头的模样像只猫，一只黑猫。他悄悄乐了一下，不敢分神，攥住辕杆，一使劲儿，车子走了起来。

　　刚出煤场的路好走，宽展，有坡，却不大，从胸前、肩上绕过的辕绳松松地垂在身后。

　　"你爸可真会享福，你才多大点儿，就叫你独自一人来拉炭。"

　　"十七了还小？"他没说是他自己要来，顾不上了。以前跟爸拉炭，他拉边绳，爸掌辕，大力是爸出。现在独自拉一车炭，三百多斤哩，纵然是一口气，也不敢乱出。辕杆在手心里忽突突乱蹦，他不敢轻心，更不能叫小叔看笑话。这样想着，他觉得力气从手上生起来了，从肩上腰背上生起来了，从腿脚上生起来了。

　　"不行了就歇歇，别硬撑。"小叔的话喊了过来。

　　这次，他"嗯"了一声。

　　走着走着，路越来越窄，车几乎是擦着崖壁走。坎坷间，车子一会儿往前耸，一会儿又要摆脱开他似的往后拽。他的手像焊在车把上一样抓得紧实，努力地昂着头，脚底板生了耙子般，一脚踩下去，就把黄土抓得紧紧的。没走几步，他的背上冒汗了。寒风吹来，从空荡荡的棉袄下直驱而入，汗一下子就没了。他心说，一车炭，可不轻。

洞子坡下，小叔说："歇缓一下。"放下车把，小叔卷了根旱烟，把旱烟包扔给他。他卷了一根，叼在嘴边，看一眼坡，咂一口烟，"呼"地喷出一团烟雾。坡好像比往日陡。

一根烟抽完，小叔问他："行不？"

他眉眼一挑："咋不行？"

小叔说："上了坡给你吃颗长生丸。"说完，就笑。

"啥？"

"还有长生水。"

"啥东西？"

"好吃的。"

"真的假的？"

小叔来帮辕，把边绳往肩上一搭，说："叔啥时候哄过你？"

他弯腰抓起辕杆，喊了声："走咧。"

洞子坡长，陡，一边是崖壁，一边是深沟。前几天下了点儿雪，有的地方还有冰，上坡比往常难了。车子一点点往上升。一车炭也似乎变成了两车三车，一步比一步重。他咬着槽牙，腮帮子上鼓出几道印，猫着背，肩上的绳子勒进了肉里一样，肩膀火烧般疼。小叔拉着边绳，腰背也弓了起来，叫他看着脚底下。

他紧紧盯着路上的脚窝子，盯准了，一脚蹬过去，紧跟着又是一脚，稳稳地。然而走了没几步，他踩到一块石子，腿一闪，跪倒在地上。他手撑到地上，手套一下子就被蹭了个口子，白棉花成了黑棉花。车把低了，几块炭从车顶哗哗滚下来，砸在背上。他忍着疼，一挣，站起。小叔一手拽着绳，一手攥住车把，要换他。他抹一把脸上的汗，腰背弯得像筐把儿，把辕绳勒在肩

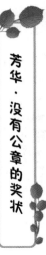

上,头低得快要贴到地上了,喘出一个字:"上。"

车子就艰难地攀升。吱扭吱扭吱扭。黄天黄地间,响声很嘹亮。

半坡时,一股黑风打着旋儿卷了过来,从身后忽地兜住他。他脚下一个趔趄,车把就歪到左边,车轱辘被车辙卡了一下,车身斜了。小叔连声喊他抓紧车把,不要松手。这会儿稍微松点儿劲儿,车就会翻。一车炭翻到路上是小事,人还有可能被扯得摔伤。小叔拽着边绳,从牙缝里挤出号子来:"一二,三!一二,三!"他咬住牙,瞪着眼睛,抬起右脚使劲儿一跺,右肩膀一抬,又往下一顿,右手就使了劲儿按车把。

车晃了几下,稳了。

他扭头看了眼小叔。小叔的脸真黑。

终于,上了坡。一道平坦的土塬豁然在眼前舒展开来。在正午的阳光下,冬日荒寂的土塬上没有一丝儿声响,满目空旷。阳光像个熟鸡蛋,白白软软地吊在半空。回头看洞子坡,他干裂的嘴角浮出一丝笑,觉得洞子坡也没个啥。

小叔卷了根烟给他,说:"你小子还真顶上用了,过了年别上学了,跟叔拉炭卖,挣下钱了说个媳妇。"

他点了烟,叼在嘴边,咂了一口,说:"我还小,说啥媳妇。"

小叔也叼着烟,说:"十七了还小啊?"

"我爸还叫我上学哩。"

"能考上?"

他没言语,一根粗大的旱烟几口就抽完了。

小叔乜他一眼:"考不上趁早停了,别花那冤枉钱。五个光小子,个个要上学,你爸一人能供起?"

他没言语。

等把小叔的炭车拉上来,他的嗓子里像是点着了火。放下车,他就跑到崖边。

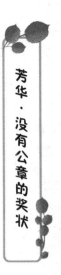

崖边,有个水坑,常年有一汪水,水上漂浮着杂草、树叶、煤灰、羊屎蛋。他把浮在水面上的杂物撇开,水面刚露出碗口大,赶紧掬了喝。水冰凉,喝下去,肠胃欢快地唱了起来。

小叔说:"咋样?长生水!"

原来,这就是小叔说的"长生水"。他说:"小叔,你吃颗长生丸……"

话还没说完,小叔把一颗羊屎蛋塞到他嘴里。他噗噗地吐,捡了颗羊屎蛋砸了过去。一旁歇脚的人哈哈笑:"俩二杆子,不晓得个乏。"

喝饱了,起来,抓了绳子套肩上,抓起辕杆,炭车又吱吱扭扭地响了起来。寒风吹来,湿透了的棉袄溻在背上,冷得他哆嗦了一下。他听见小叔唱起了小曲儿:"鸦雀子喳呀你就是个喳……"他也想唱,却不好意思,跟着小叔小声地哼,脚步子却一下也不慢,走得风快。

马蜂窝

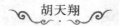

胡天翔

1990 年暑假的一天,吃过早饭,我跟着大姐去村子的池塘洗衣服。我在水里摇来摆去地涤着大姐搓过的衣服,就听到对面的小树林里传来幽幽的口琴声。我知道是杨老师在吹口琴。那琴声沿着水面漂过来,听起来,却让人高兴不起来。

大姐,杨老师吹的是什么呀? 我问。

口琴,大姐说。

大姐,杨老师用口琴吹的是什么呀?

《梁祝》。

梁柱不是在房子上吗?

不是房子上的梁柱,是《梁祝》。

《梁祝》是什么呀?

你不懂,别乱问。

杨老师说不懂要问。

他说的,你去问他!

大姐把手里的衣服涤好,扔进盆里,站起来,端着盆子走了。大姐不理我也不等我。大姐的眼睛湿湿的,还像要哭的样子,真是奇怪。

大姐不说,那就去问杨老师。杨老师叫杨文化,是大姐初中的同学。就像大姐初中没有考上师范一样,上高中的杨文化也没考上大学(那时初中考师范和高中考大学一样难),代我们的语文课。村里人都说杨老师端的不是"铁饭碗"。去问杨老师,知道了《梁祝》是一个叫梁山伯的男子和一个叫祝英台的女子化成了蝴蝶的故事。去问杨老师,替杨老师给大姐捎信,私下把信拆开知道了"我等你,小树林"。跟着大姐,在小树林里,在月亮之下,在光影之中,我看见了杨老师和大姐紧紧抱在一起。

我知道大姐喜欢杨老师,可是母亲却想让大姐嫁个有钱人。三天后,母亲让村长给大姐找的有钱人来相家了,骑着摩托来的,还是个光头。

我的伙伴们一窝蜂挤进院子里看热闹,有的还喊着我的名字说,红旗你也能坐摩托车哩!

大人们也三三两两地站在院墙外面,伸着脖子朝里看。

我的二姐红梅悄悄地对我说,村长说那人是养猪专业户,家里可有钱哩。

可不,摩托车上驮着一大块猪肉哩!叔叔也来了。大姐初中毕业的那年,父亲走了,家里来了客人,都是叔叔来陪客。

那人进堂屋时,正好大姐从屋里出来。他就盯着大姐看,他一定是看上了大姐圆圆的脸庞、细长的眉、又黑又亮的眼睛、不高不低不胖不瘦的身子,还有又粗又长的麻花辫子。要不,大姐都进西屋啦,他还扭着脖子朝西屋里看。中午吃的是饺子,白菜大肉馅。养猪专业户饭量大,心情也好。

我一连给他端了三碗,他还要吃第四碗。

俺家有钱,红花嫁给俺,肉尽吃,衣服够穿,他说。

那是哩,那是哩,都说你家是养猪专业户哩,叔叔说。

大姐不愿意嫁养猪专业户。虽然村长说他家圈里的猪,像天上的云彩团子一样多。

大姐不吃饭,躲在西屋里。母亲和二姐去喊了两趟,也不出来。

母亲说,她不同意也不中,婚事就这样定下啦。

母亲还说,等吃过饭,她就会给那个人说大姐同意啦。

我去喊,大姐用单子蒙着头,不理我。不过,单子一动一动的。大姐哭了。

说实话,和杨老师比起来,我也不喜欢养猪专业户。再说啦,自从我看见了大姐和杨老师抱在一起,在我心里他们就是一对了。我想起杨老师讲的《梁祝》,我不想让大姐和杨老师也变成两只蝴蝶。

我在东墙下的阴影里想着心事的时候,那人却从堂屋里出来了,找厕所。想着大姐伤心的样子,这个人却像没事一样吃了四碗饺子,我真不想理他。可我还是领着他向屋子后面走去,指了指厕所。就在他进入厕所的一瞬间,我看见了厕所门口上面的那一窝马蜂。

就像杀猪一样,凄惨的叫声把屋里的人都喊了出来。我们看见养猪专业户一边跑着,一边去扒拉趴在他光头上的马蜂。可是失去家园的马蜂们愤怒了,它们前赴后继地朝那颗硕大的脑袋发泄着不满。叔叔挥着一张被单子,才把它们赶走。养猪专业户的头变得更大了,眼睛却眯成了一条缝,可一个个红包还在慢慢地肿起来。大人都说快去医院看看才好。那人忍住疼痛骑上摩托车,一溜烟向着陈店镇上的医院去了。

看着掉在地上的马蜂窝,母亲感到很奇怪。

好好的,马蜂窝咋掉下来了。母亲说。

让我感到奇怪的是,看到我躲到她身后,大姐紧紧拉住我的手,好像她看见了我捅马蜂窝。

井

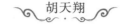

胡天翔

井里有鱼!

井里有鱼?

考了小升初,有两个月的假期哩,我和杨红旗没事就去池塘里钓鱼。那些咬钩的鱼儿又小又滑,扯住鱼钩上的蚯蚓就跑,鱼浮子被拉得沉了又浮,浮了又沉,你一拉鱼钩,什么也没钓住;有时,鱼钩钩住小鱼的肚子,被拉了上来。钓着,钓着,杨红旗烦了,就把鱼钩甩进池塘边的井里。鱼钩刚沉下水,杨红旗又提上来,大惊小怪地说井里有大鱼。

我不信井里有鱼。

杨红旗让我看他的鱼钩说:"蚯蚓都被鱼吃掉了。"

又钩住一条蚯蚓,杨红旗把鱼钩甩进了井里。看杨红旗满怀信心的样子,我也把鱼钩甩进了井里。

"你就像那一把火,熊熊火光照亮了我……"杨红旗得意地哼着小曲,我则紧紧盯着鱼浮子。

我们没注意队长杨喜从村子西边过来了。走到井边,杨喜一把揪住了杨红旗的耳朵说:"小屁孩,不知道井水是吃的嘛,在井里钓鱼!"

"井在俺宅子里,想钓就钓!"杨红旗一扭头,挣开了杨喜的手。杨红旗

有点不服气。是啊，我们队的井确实在杨红旗家的宅子里。

"小崽子，井在你宅子里，就是你家的了？我看你爹敢说井是你家里的吗？杨铁头，你给我出来！"杨喜喊杨红旗的爹杨铁头。

杨喜话声一落，杨铁头就从屋里蹿出来了。

看见爹来了，杨红旗拿着鱼钩杆跑了。

见杨红旗跑了，怕杨喜找我的事，我也拿着鱼钩杆跑了。

傍晚，我跟着四叔去井里打水。四叔挑着扁担，一头挂一个水桶。到了井边，四叔用扁担上的挂钩钩住水桶，往井下一顺，左摇右摆，水桶一歪沉进水里，咕嘟，水满了。哗一声，提上一桶水；哗一声，又提上一桶水。水清得见桶底，哪里有一条鱼的影子。

其实，杨红旗没说假话。井里确实有鱼。

那个夏天，天又热又旱，连着一个月没落一滴雨，再加上村里人抗旱浇地抽水，池塘里的水落下去了大半截，那些大鱼在水里游，都能看到脊梁骨了。起鱼的日子来了，村里的男女老少都下塘捉鱼，有网的拿网捉，没网的拿鸡罩罩，没鸡罩的用手摸。池塘里成了一片泥浆。鱼起了，堆在一起的鱼像一座小山；按照放鱼的份子钱，不说每家都分的鲢鱼了，光逮的鲫鱼、鲶鱼都有十几斤。晚上，村子里弥漫着炸鱼块、炖鱼汤的香味。

塘里的鱼起了，井里的水却浑了，提上来的水还带腥味。该洗井了，村里的年轻人挑着空桶来了，一桶桶水打上来，倒进池塘里，井里的水越来越少。杨红旗往井边上凑，又被杨喜揪住了耳朵。

"小崽子，井是你家的，你下去清淤吧！"杨喜说。

"他？蛋子还没长硬哩，让他爹下去还差不多！"四叔说。

"有你胡老四，用得着俺？俺倒淤泥还差不多！"杨铁头说。

扁担已经够不到了，换了长竹竿。两只水桶一齐下井，一桶桶浑浊的井水哗哗地倒进池塘里。水桶的底粘上黄泥了，井里的水不多了。该下井清淤泥了，粗缕绳拿来了，一头拴在井旁的树上，一头拴在四叔的腰上。四叔

抓着绳子下到了井底。他只穿了一个大裤头。没想到井里真有鱼。四叔共
扔上来六条鲫鱼。

"我说井里有鱼,没骗你吧!"杨红旗得意地说。

水桶放下去了,一桶桶泥水拉上来了,一桶桶淤泥清上来了,杨铁头都
倒在他家的杨条树根上。让杨红旗高兴的是,淤泥里竟爬出来八条泥鳅。

井洗了,被堵的泉眼又渗出了清清的泉水;泉水越涌越多,四叔被拉了
上来。

"洗井还能逮鱼,明年,咱俩也下去洗井吧。"杨红旗对我说。

"中啊,到时候,看谁还说你的蛋子没长硬!"我说。

过了七月,我和杨红旗去陈店读初中了。上学、放学,我俩常说起洗井
的事。我们盼着洗井的日子快点来!

洗井的日子没来,打压井的人却来了。杨喜家先打的压井。压井打得深,轧上来的水比井水还清。

前后左右的邻居,都去杨喜家轧水,杨喜的老婆便有意无意地说,半年,他们家的压井就换了三个皮垫子。谁家有也不如自己家有方便哩!村子里,越来越多的人在家门口打了压井。连杨红旗家都打了压井。守着土井,杨铁头也不去打水了。

村里人不吃井水了。土井没人管了,井里落满了枯叶树枝。有一只翠鸟在井壁上凿了一个窝,从井里飞进飞出,去池塘里捉鱼。池塘里的水越来越浅,井里的水越来越黑,那些树叶枯枝把井水沤臭了。村里人都用压井了,土井没人来打水了,杨喜也就不喊人洗井了。

在陈店初中,杨红旗只上了一年,就不上了。

杨红旗说:"日他娘,语数外没有一门及格的,还是给俺爹省俩钱吧。"

不上学了,杨红旗跟着搞建筑的人出去打工了。

没人洗井了,井里的水越来越浅,淤泥越积越深。终于,在我考上高中的那年冬天,趁杨红旗打工回来,杨铁头叫着儿子从地里拉回来三架子车黑土,把井填平了。春天来了,杨铁头在填平的井里挖了一个树坑,栽上了一棵白杨树。那棵白杨树长得很快,三年就碗口粗了,比那些早栽两年的树长得都快。

井都没有了,我和杨红旗还洗个啥。

我上学,杨红旗打工,我们都成了背井离乡的人。

河

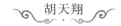

胡天翔

河很小,小得没有自己的名字。

它从我们村前流过,村里的人就叫它南河。

夏天,大雨砸了一个上午,池塘里水满了、溢了。吃过午饭,雨小了,我穿上雨衣,掂着水桶,扛着铁锹和抄网就去了南河。庄稼地里的水顺着地沟流到水沟里,水沟里的水哗哗地往南河里流,南河里也是水涨浪涌,水草摇摆。我用铁锹挖土,在水沟两边垒堰,留中间空隙淌水,好下抄网堵鱼。一会儿,我就堵了几条鱼。有鲫鱼、泥鳅、刀鳅、窜条……鱼不大,最大的鲫鱼也没三两。不一会儿,杨红旗也拿着抄网过来了。见我先站了村里的水沟,杨红旗过了桥,到对岸去碰运气了。那儿有一条从庞围子流过来的水沟。村里人也来了。他们在桥头上站站,拿棍拨拉下桶里的鱼,说"鱼太小",就沿着南河往东去了。东干渠下,有人在南河里下网堵鱼。人家的网大,堵的鱼也大,都斤把重。

桥东边长着一片芦苇。芦叶丛中的一只水鸟嘎地叫了一声,飞走了。循声望去,我看见它振翅往村子里飞去了。回头,我就看见了那条大鱼。那是条大鲶鱼,从南河逆水游到水沟里的。那条鲶鱼太大了,比我的胳膊还长。鲶鱼游动时,身子在水里时隐时现,我能清晰地看见它长长的身子、扁

扁的头,一根根的胡须。在南河里下大网的人,也没堵过那么大的鱼。看到那条大鲶鱼,我像傻了一样,呆呆地站着,没用抄网去捉它。我被它吓住了。水太浅了,感觉到此路不通,鲶鱼扭身顺着水沟又往南河里游。鲶鱼摆着长长的尾巴,优哉游哉地游着。它没把一个十岁的少年放在眼里,也没把少年手中小小的抄网放在眼里。我的抄网最多能罩着它扁扁的头。真的,我没想到拿抄网去捉它。我只是静静地看它。看着鲶鱼游回南河里。为多看它一眼,我掂着抄网跟着它。我看见鲶鱼在河边的芦苇丛中钻来钻去,那些芦苇秆被它碰得一阵阵晃动。后来,它摆着尾巴钻进了桥洞,我还跑到桥西边去看。大鲶鱼没有从桥洞里浮出来。它沉到水中,游走了。我握住抄网站在桥上,呆呆地望着水面,看到一片片浪花在翻滚。

"亮子,你不堵鱼,看啥哩?"杨红旗喊。

"一条大鱼游走了!"我对杨红旗说……

上初中,读高中,师专毕业,我背着包袱又回了村里,成了村里的反面典型。谁家孩子给爹娘要学费,要得大人心烦了,都会拿我教育孩子:"要钱!要钱!就知道要钱!不读了,亮子上了大学不还是回家赶牛腿(哎,我们家都没牛了)。"

没有工作,我都没脸在村里闲逛。想人家杨红旗,中学都没读完,靠着那把瓦刀,一年打工还挣一万多哩。我读高中时,杨红旗就娶了媳妇;现在,杨红旗的女娃都喊我叫伯了。那个秋天,我也基本上是躺在床上度过的。我整天吃了睡,睡了吃,一台黑白电视,我能看到闪雪花。父母看我整天愁在屋里,怕我愁出病来,就让我到南河里去放羊。

南河里的水干了,河里不长水草了,长了茂盛的青草。只有人家挖的水坑里还有浅浅的水。那天傍晚,羊在河底吃草,我坐在岸上看小说。看得累了,抬头一看,两只羊却不见了。我连忙顺着南河往西找。在一处水坑边,找到了羊。羊渴了,要去水坑里喝水。我去赶羊,见水坑里有个黑色的东西,还以为是谁丢的玉米棒子。我挥着竹竿,咩咩地赶着羊走。"唬——",

那个"玉米棒子"在水中蹿起来。原来是一条乌鱼。二十岁的我连鞋都没脱，站在水坑边，伸手就把乌鱼抓了上来。乖乖，有一斤多哩！晚上，喝了乌鱼汤，我躺在床上想，南河里不会再有鱼让我白捡的！村里的年轻人都进城打工了，我连小四轮都开不好，我在农村能干个啥。我决定去Y城打工……

感谢那碗乌鱼汤，给了我打工的勇气。孔子曰："三十而立。"我立了吗？虽说成了家，住的房子是银行的（按揭）；虽说有了工作，养家糊口而已。老子曰："知足之足，常足。"我虽不能做到长乐，已知足了。每到年底，偕妻带子坐公交车回老家过年，总算能用天伦之乐，稍稍宽慰爹娘的白发。

年底，家里也忙。炸果子、切菜、打包子，妻子帮母亲干活。儿子怕狗，不愿意跟爷爷串邻居，我就带着他去南河里玩。在村口，见到了杨红旗。两年前，他就盖起了两层的楼房。他的第二个女儿已十二岁了，听说他的楼房是为第一个女儿盖的。他想招个上门女婿。

出了村子，顺着水沟向南。我看见水沟随处都是烂鞋、旧衣、猪屎粪。在冬日的阳光里，水沟弥漫着刺鼻的臭味。南河，连青草都不长了，河里满是干枯的蒿子。有雨水的滋养，蒿子长有齐腰深，成片地挤在一起。野火烧不尽，春风吹又生。童心萌发，我点燃了岸边的茅草。"呼——"，风来了，茅草引燃了河底干枯的蒿子。"呼——"，风又来了，一条火龙在南河里蜿蜒。三岁的儿子很激动，跳着脚拍着手喊："火！大火！"

站在岸边，我看见一条燃烧的河。

好大的火！

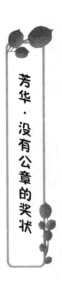

糖　纸

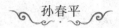
孙春平

又到教师节了,时有学生到杨老师家来,手上带着这样那样的礼品。

杨老师年近古稀了,退休前曾在教师进修学校执鞭,还当过多年的校长,所以来拜访她的多是现职的教师。当然,也有后来改行另谋高就的,比如各路官员,或大大小小的经理。

杨老师迎客人落座,指着茶几上的一个小镜框,说:"这片糖纸的故事还记得吧?能给我复述个大概,你带来的礼品我就留下。不然,千万别让我老太太受之有愧呀。"

客人们或者真忘在脑后讲不出来,或者此情此景不便再讲,只好赧颜而去。

镜框相当于大三十二开本的书籍大小,仿红木框,玻璃下衬着杏黄的绸布,那片暗红色的糖纸片铺展在正中。精美而用心的装潢,说明了主人绝非玩笑的态度。

不久后,有人在微信里发表了一篇文章,题目叫《杨老师的糖纸》,还配发了装贴在镜框里的糖纸照片。杨老师年事已高,不敢再在手机上耗费日渐不济的视力了,女儿便将那篇文章读给她听:

杨老师九岁那年,留给她的记忆只有饥饿。

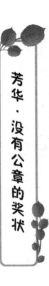

一次,学校组织学生去郊区劳动,妈妈的午饭是灌在玻璃瓶中的玉米糊糊,家里穷,孩子又多,买不起饭盒,也只能这般将就。

中午,小杨拼力吮吸糊糊,见瓶内仍有粘存,不舍,便用石块将瓶子击破,小心翼翼地捧起碎片去舔,竟被万恶的玻璃碴儿割破了舌头。

小杨的班主任老师姓姜,已是年过半百的虚胖老太太,见学生嘴里出了血,大惊失色,颠颠地跑出一身汗,才在附近村里找来止血的药面面,又亲自给小杨敷伤。

校长也赶来了,瞪着眼睛责怪:"这孩子,怎么这么不懂事!"

还一脚将破瓶碎片踢出老远。

姜老师突然跳起身,凶凶地对着校长吼:"孩子有什么错?!"

吼过之后已是泪流满面。

姜老师一向温和慈祥,平时连批评学生都不用高声,那个样子惊得围观的师生们谁也说不出话来。

校长则哼了一声,悻悻地转身而去。

正是因为饥饿,九岁的小杨无师自通地学会了做买卖,背着所有人,也背着爸爸妈妈,用手里极有限的压岁钱,趁着午后不上课的时间,独自跑去郊区,买玉米,买地瓜,买鸡蛋,背回家,煮熟,再偷偷地带到火车站候车室卖给同样饥饿的旅客。她的利润便是每次可吃下一两块地瓜、一两棒玉米或一两个鸡蛋。冬天的时候,她还卖过炒黄豆。她的衣袋里除了炒熟的豆粒,还有一只半大的粗瓷酒盅,那便是她的量具,相当于乡下人爱用的升。

有时,豆粒没卖光,小杨便揣到学校,给相好的同学分上十粒八粒,也算是个零食。

同学们香香地嚼在嘴里,自是感激与羡慕,说:"你家还有这个呀?"

小杨不回答也不解释,分享着同学们的快乐。

小杨的快乐止于第二年的夏天。那天,课间操时间,校长突然宣布不做操了,领操台上却出现了蔫头耷脑抹着眼泪的小杨同学,台下还站着两名警

察和戴着红胳膊箍的市场管理人员。

校长拿话筒说:"作为一名少先队员,我们学校有的同学却不好好学习,而去投机倒把,破坏社会主义经济。现在请全校师生一起接受教育。"

接着便是市场管理人员和警察轮番而喋喋不休的训斥,句句都上着纲连着线,听着叫人胆战。

正是酷热时节,太阳当空临照,毒辣辣的,威力四射。学生中有身体弱的,软软地瘫在地上,引起师生的惊呼。教导主任一个手势,老师们便迅速将学生们按班级带到操场四周的树荫下。

只有小杨同学还孤零零地站在领操台上,不时用小手擦抹一下脸庞。

就在那时,师生们眼见姜老师从校门外冲进来,一路笨拙而急切地往领操台前跑,有两回,还差点儿摔倒。

有的同学知道,那天,姜老师请了两节课的假,去了医院。姜老师早就得了很严重的肝病。

姜老师冲上了领操台,先是掏出手帕给小杨擦脸上的泪水和汗水,然后就站在了小杨同学的身旁,用她那颇显臃肿的身躯替瘦小的学生遮挡住了火毒的阳光。

校长夺下了批判人的话筒,厉声喝道:"姜老师,你要干什么?"

姜老师气喘吁吁朗声作答:"如果非说学生有错,那也是老师的错,我跟学生一起接受教育,不可以吗?"

也许，就是因为那次的举动，暑假后姜老师被派去乡下接受锻炼。临行那天，姜老师到教室跟学生告别。她什么都没说，只是在每张课桌上放上一块水果糖，再挨个儿摸摸学生的脸蛋。姜老师因肝病每月可得一斤糖用于辅助治疗，那须有医生的诊断证明。

每年秋季开学，都是九月初。那时，还不过教师节，但推算起来，姜老师离开时应该就是后来一年一度的教师节前后吧。

从此以后，小杨同学再没见到姜老师。但她一直珍藏着那片糖纸，并在师范大学毕业后，不时将糖纸拿出来，给她的学生们讲一讲关于那片糖纸的故事。

杨老师听毕，从女儿手中接过手机，长久地轻抚之后，只是长长地叹息了一声，神情中竟是深深的忧伤。

讨分数的人

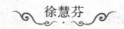

徐慧芬

一阵小跑声,学校走廊里一个男生小声急促地叫我。我问他,有什么事吗?

他期期艾艾:我——我能到你美术办公室去说吗?

我点点头。

他进来小心翼翼关上门后,将手上卷着的画纸摊在我面前说:老师你看,我觉得自己画得挺好的,为什么只有六十五分呢? 我看他这张还没我好呢,为什么你给了他七十分呢?

他把同桌的那张画也摊了开来。

啊,原来是讨说法来的。这是一张美术作业,临摹书上的一幅写意国画——梅花麻雀图。这算是期中考试了。

两张画摊开桌上,我给他分析:你这张,梅花点得还蛮像样,麻雀的形体姿态也不错,可偏偏是"点睛之笔"不准确,眼睛画偏了,不是犯了常识性的错吗? 他这张也有缺点,梅花浓淡深浅缺少变化,但画面主体麻雀画得还是到位的……

他听明白了,似乎也服了,但还不走,磨磨蹭蹭,抓了一会儿头皮,终于说出了要说的话:老师,你这次能不能开开恩,送我五分,下次还你行不行?

我笑了起来,教书好些年了,还没碰到这样的学生。

你说说看,为什么一定要送你五分呢?

你表扬过我的,说过我画画蛮好的。

啊,我表扬过你?

是的,你表扬过我两次,一次画素描头像,你说我暗部画得蛮透气没有闷掉。还有一次画水彩,你说过我天空颜色染得蛮透明没有弄脏。

可是这次你只能得六十五分呀,再说这是考试,老师应该公正是不是?

可是我这次已经向我爸说过我美术考得不错的,否则老爸要说我吹牛,又要打我的……

六十五分已经超过及格线了,以后再努力一下就是了。

不不不,老师,我只好实话告诉你,这次期中考,几门主课我都没考好,语文六十五分,英语刚及格,数学只得了五十五分。我爸气死了,用皮带抽我,用脚踢我,说我没有一门考得像样,我说我副科蛮好的,美术至少能考七十分……老师,你看——

他撩起了一条裤腿,露出了几条青紫的伤痕。

我不再多说,拿出一张宣纸,让他重画一幅。

半小时后,我用朱笔在他的画上写了个"70",很醒目。出门时,他向我鞠躬,又轻轻问一句:老师不会告诉其他同学的是吗? 我含笑。

多年以后……

我在地铁月台上等车,一旁座椅上一个男子向我微笑行注目礼,而后站起来说,您不是教我们美术课的老师吗?

你是? 我记不得他是哪位了。

他说,我就是那个问你讨分数的学生呀!

于是我想起了二十多年前发生在我办公室里的那一幕。月台上我俩相互把上述故事一点点补充完整。

我问他现在何处工作,他说了一家公司的名称。

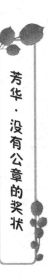

那么，你现在是否经常向你的老板要求加分？我和他开起了玩笑。

他笑了，有些腼腆地说，我们公司人不多，我当家。

啊，那你就是老板了，你后来学的什么专业？

是计算机专业，毕业后搞软件设计。

你过去数学好像不怎么好的，怎么选了这一行？

老师，你还记不记得，那次在你办公室里你说过我的一句话，你说，像你这么聪明想得出讨分数的人，怎么可以数学不及格呢！

我说过吗？记不清了。可是他却一直记着，并为此改变了自己。

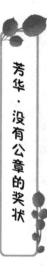

牙 齿

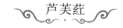
芦芙荭

六岁的那年春天,有天早晨起床,我发现我的一颗牙齿掉了。奶奶在老的时候,那牙隔三岔五地就会掉一颗,直到后来,满嘴里找不出一粒牙了。我捧着我的那颗牙齿,哭了起来。我说,我也要老了。我会像奶奶那样老了。

我的话把大人们都惹笑了。他们说,我那是换牙呢。小孩在长大的过程中,都是会换牙的。他们让我张开嘴,一边看一边说,要是上边的牙掉了,就悄悄地把牙放到门墩上。若是下边的牙掉了,就要扔到房顶上。过一阵,新牙就会长出来的。

我掉的是下边的牙。

我拼命地把牙往房顶上扔去。可那颗牙齿仿佛不愿离我而去,竟然顺着那瓦槽又骨碌碌地滚落下来。如此反复几次,最后,我不得不搬来只凳子。我站在凳子上使足了劲,总算把牙扔上了房顶。我竖着耳朵听,再没有了那骨碌碌的声音了。我想,我的牙终于落脚在房顶上,开始生根发芽了。

我站在初升的太阳下,豁着一颗牙,心里却阳光灿烂。

那天中午,就在我渐渐地忘记了掉牙那件事时,突然听见村子里传来吵架声。那时的我,最喜欢的就是吵架了,吵架会让寂寥的村子变得热闹起来。

我们赶忙跑过去看。

小寡妇的门前已聚集了好多人，他们站在那里，都是一脸幸灾乐祸的样子。

小寡妇和村里的杨二嫂像两只母鸡一样撕打在一块。

小寡妇在村里开了一家豆腐房。村子里的人，要吃豆腐了，都会去她家买。有时，手上没钱时，也可以用豆子去换。村里的人都说小寡妇的豆腐好吃。杨二嫂几乎天天都要买小寡妇家的豆腐。

那时，小寡妇的豆腐篮已被杨二嫂踢翻在地，篮子里的豆腐滚落一地。豆腐上全是灰。有闲人将地上的豆腐拾起来，可那豆腐上的灰拍也好吹也好，就是不掉。

我不明白，小寡妇和杨二嫂平时关系是那样的好，怎么会打起来呢？

旁边的人就说，真是出了奇事了，小寡妇的豆腐里怎么就会长出牙来呢？

原来，杨二嫂的八十多岁的婆婆，就喜欢吃小寡妇家的热豆腐。今天上午，杨二嫂去小寡妇家称了一块豆腐，拿回家给婆婆吃时，吃着吃着，竟然吃出了一颗牙来。老太太说，这豆腐怎么这么厉害呀，竟然能把我的牙给磕掉了。

老太太八十多岁了，满嘴只有一颗牙了，这可急坏了儿孙们，扒开老太太嘴一看，真是奇了，老太太的那颗牙，竟好端端地在那里呢。再看老太太的手里，果然是握着一颗牙的。

后来，确定是小寡妇的豆腐出了问题。杨二嫂就握着那颗牙去找小寡妇说理，说着说着，两人就吵了起来。再后来不知是谁先动了手，两个女人就打了起来。

一颗已失去作用的牙，什么都咬不动了，却咬断了小寡妇和杨二嫂维持了多年的关系。

这之后好长时间，杨二嫂和小寡妇不再说话。而小寡妇的豆腐也很少有人去买了。

半年后，我嘴里长出了一颗新牙。我慢慢地也就忘了我那扔到房顶上的那颗牙。

扶自行车的人

非　鱼

对，我就是那个扶自行车的人。当然，我也可以不是。

非鱼说我是，那我就是吧。

我是她创造出来的一个小说中的人物，她很随意地叫我木头。对此，我一直觉得委屈。她取过那么多好听的名字，唐度、王小倩、祝红梅、田小，为什么轮到我就是木头？即便是她常用的李胜利，也比我的名字好听得多。

算了，这事由不得我，我就是木头。

非鱼告诉我，我所在的这座城市要刮一个月的风。我冷笑一声："刮一个月？你怎么不让我住鼓风机里，那样我就上天了。"

问题的重点不在这儿。刮风这种事，谁也说不准，还有下雨、冰雹，自然界也有神经质的时候。

问题的重点是扶自行车。

在她的创作中，我应该是二十岁出头，在一家烧鸡店打工，浑身上下沾满了鸡屎味儿，天天一副睡不醒的样子，我喜欢店里那个叫乌云的前台姑娘。我告诉非鱼，人家不叫乌云，叫吴云。非鱼对此也是一副无所谓的样子，依然固执地用键盘敲出"乌云"俩字。你瞧，她对我就是这样随意，对我喜欢的女孩都没有一点儿耐心。

非鱼说:"木头,我们谈谈。"

谈呗。我朝门口一只塑料袋踢了一脚,谁知塑料袋没扎紧,鸡毛乱飞。我看了非鱼一眼,她并没有不高兴。我说过,非鱼要让这座城市刮一个月的风,现在已经开始,有几根鸡毛从烧鸡店的后门飘出去,开始在空中飞舞。

非鱼说:"木头,你看见店门口那一溜自行车了吗?"

我点点头。

刮风的时候自行车总被刮倒,一倒一片,影响行人和骑电动车的人。

我又点点头。

"你要做的就是把它们扶起来。"

这很简单啊。我跳起来,从店里穿过去,把几辆倒在地上的自行车扶起来,放好,有一辆车把有点儿歪,我还顺带扭正了。

非鱼对我不问缘由就去干这件事很满意，她还怕我不同意。干吗不同意？多大个事，反正不拽鸡毛、不杀鸡的时候，我闲着也是闲着，乌云对我也是不热不冷，我只能抱着我的破手机上网。

风，持续地刮着。这座城市的天空弥漫着土腥味儿，到处都是垃圾和树叶，来往行人都戴着口罩，匆匆忙忙。

按照非鱼的要求，我要每天把那些倒在地上的自行车扶起来，摆放整齐。于是，那一片的自行车总是乖乖地站着，就好像大风从不曾招惹过它们。

扶到第二十天的时候，非鱼告诉我，如果不想扶就算了，天天这样做，怪辛苦怪无聊的。我说："不是说好一个月吗？还不到期。"

非鱼说："好吧，你乐意扶就扶呗，想停下来，随时可以停止。"

我没有告诉非鱼：干吗要停止？我已经从这件事里找到了乐趣。我看见有一个姑娘每次来骑车的时候，都冲我笑呢。乌云说我是自作多情，我不管。那几个穿校服的学生冲我竖大拇指总是真的，她说没看见。哼，她这人总是这样。

第二十八天来临时，非鱼告诉我："木头，可以停止了，风马上也要停了，你不用再扶了。"

我第一次没有听从她的安排，我说："不，这是我的事，跟你没关系。"

非鱼有点儿生气："怎么没关系？你是我创造出来的人物，我不过是拿你来做个测试，看一个人做一件对自己毫无意义的事，能坚持多久。"

"那你就继续测啊。"我扔了手里的抹布，冲非鱼喊。

我们俩不欢而散，谁也不理谁。

刮了一个月的风，并没有完全停下来，只是变得小了，柔和了。倒在地上的自行车没有以前多了，偶尔有一辆两辆，乌云发现了，也会提醒我，或者我在忙的时候，她就去扶起来。

这时，有人送来一张大红纸写的表扬信。说是附近居民发现我一直在

扶自行车,联合起来表扬我。

乌云激动得两颊通红,她一把把我拉到大红的表扬信前,说"就是他,就是他"。我接完表扬信才发现,乌云居然一直挽着我的胳膊。

过了几天,网上突然出现了好多和我有关的帖子,说我是"最美烧鸡哥"。我开心得不得了,和乌云一条一条翻看着,她咧着嘴一直笑。

非鱼来了。她说:"木头,我得提醒你,这些已经偏离了我的初衷,我并不想让虚无的东西影响你的生活。你懂吗?"

我说:"怎么是虚无的? 表扬信是真的吧,网上那些照片也是真的。"乌云插嘴:"木头成名人了。"

"可有什么用? 你就是个烧鸡店的小伙计,这些既不能改变你的生活,也不能改变你打工仔的身份,不是虚无的是什么?"

"我知道我的身份,不用你告诉我。我乐意,行了吧。"

非鱼还试图说服我:"木头,我不想让你变成另一个人。"

我一根一根地拽着鸡毛,头也不抬。我很憋屈,非鱼还是个作家,怎么和她就说不清了呢? 乌云劝我:"好好跟非鱼说,她也是为你好。"

我知道非鱼是为我好,但她这样做,让我很难过。

现在,我和乌云正式在谈恋爱,她已经告诉家里人了。我以为非鱼会为我高兴,谁知道她提都没提。唯一祝福我们的,是烧鸡店的老板,他给我们俩发了个大红包,说有了我,店里的生意比以前好多了。

非鱼的小说写完了,我们得分别了。她说:"祝我的木头和吴云永远幸福。"

我竟然有点舍不得。我问她:"我们还能再见吗?"

她说:"能! 我想你的时候,就叫你来我的作品里,你还叫木头。"

我挠挠头:"好吧,只要不嫌我浑身鸡屎味儿就行。"

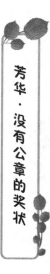

夸 心

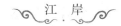
江 岸

义阳师范学院文学院吴文圣教授近来好事连连:他的论文在全国核心期刊不断发表,他被学校任命为文学院院长;最让他露脸的一件事,是他刚刚被评为全省道德模范。他的事迹在全省各大媒体不胫而走,铺天盖地。这就是传说中的又红又专、德艺双馨啊!

作为吴教授的弟子,我们几个现代文学专业的研究生没有理由不兴高采烈。我们联络了文学院其他专业选修吴教授课程的几个研究生,拥入他的办公室,将他团团围定,一齐起哄,让他请客。

吴教授双手一摊,笑着说,请客没问题,可是你们师母出差了,我还得照顾你们师奶的饮食起居,不能在外面酒店吃饭。要不周六中午,请诸位赏光去寒舍小聚?

周六中午,我们如约敲响了吴教授的家门。

吴教授打开门,高兴地问:都来了?

吴教授把我们引到客厅,让我们坐,给我们泡了茶。

稍微坐了一会儿,寒暄几句,我们解下了吴教授腰间的围裙,嘻嘻哈哈地挤进了厨房。不待有人分工,大家便各显其能,洗菜的洗菜,炒菜的炒菜。不大一会儿,七八个菜就火热出锅,摆满了餐桌。

吴教授走到阳台上,缓步搀过来一位满头银丝的老太太,扶到餐桌边一把靠椅上坐下。

吴教授对老人说,娘,这几个孩子都是我的学生。

又转脸对我们说,这是你们师奶,叫奶奶吧。

我们纷纷喊着奶奶,问奶奶好。

师奶微笑着,慢慢转动着脑袋,逐一看了看我们,轻轻点点头。

吴教授招呼大家围着餐桌坐好,然后打开一瓶白酒,摆好酒杯,让我们自便。吴教授坐在师奶旁边,一直忙于照顾她,不时给她夹菜、舀汤、盛饭,或者伸手拈掉她嘴角上的饭粒,或者用纸巾给她擦擦下巴上的汤水。师奶毕竟年迈了,精力不济,吃得比较慢。整个进餐过程中,他自己很少吃喝。这样气氛便有些沉闷,我们都比较拘谨。大家每人倒了一杯酒,却没有合适的机会举杯,祝贺吴教授的满腔话语都搁在腹中。

师奶吃饱了,吴教授用纸巾给她擦擦嘴之后,自己添满一碗饭,狼吞虎咽地吃起来。

他放下筷子的时候,大家一拥而上,动手收拾餐桌,把狼藉的杯盘碗筷清理到厨房去。有两名女同学挽起了袖子,准备洗碗。

吴教授却走进厨房,制止了她们,并把她们赶了出来。

吴教授轻轻走到师奶旁边,俯在她耳边,笑着说,娘,您该洗碗了。

两名女同学急忙又往厨房走,边走边说,老师,您别让奶奶洗碗了,我们洗。

吴教授再度摆摆手,制止了她们。

我们相互间交换着质疑的眼神。吴教授不是道德模范吗,怎能忍心让如此垂暮的老母亲去洗碗呢?

师奶却突然来了精神。师奶的动作虽然依旧缓慢,但再也不是吃饭时的无精打采了,甚至可以说有一点儿神采飞扬。她努力昂着头,尽量挺着胸膛,从我们中间穿过去。

　　师奶独自在厨房洗碗的时候,吴教授招呼我们到客厅喝茶。我仍然一头雾水,还在为吴教授让师奶洗碗的事情郁闷,感到脸皮发烫,不敢正视他的眼睛。其他几名同学大概也有同感,纷纷低着头,躲避着他的视线。

　　吴教授给我们每个人的茶杯续上水,在我们中间落座。

　　他慢悠悠地说,人上了岁数啊,最害怕在别人眼里变成无用的人。我的老家在大别山黄泥湾,你们师奶在农村劳碌一生,现在老了,依然闲不住。要是每天不让她干点儿什么,她总是郁郁寡欢的,只有替我们干点儿什么,她的情绪才会好一些。她路都走不稳了,还能干什么呢?我和你们师母商量好几次,只能让她每天洗洗碗。我们明知道她洗不干净,也只能由着她,大不了等她洗过了,我们悄悄再去洗一遍。

　　我们不约而同地点点头,脸上露出赞许的笑容。

　　一名女同学说，吴老师，等奶奶洗过了，我们再去清理一遍吧。

　　吴教授笑着说，好啊。

　　我庆幸，我是吴教授的弟子。

拦新娘

包兴桐

腊月或者正月,常常可以看到一队又一队娶亲的队伍。

有时候是我们自己村的,有时候是别村的从我们这儿经过。他们热热闹闹拉成长长的一串,从岭上慢慢前进。这条岭从山外一直伸进村子,在村口折了一下,又伸向其他的村子。

走在最前面的,一般总是伙夫,他用一根盘着红纸条的棍子挑着一对贴着大红双喜的灯笼,轻飘飘的,像是在演戏,总是很开心的样子;跟在他后面的是媒人,不管是媒人公还是媒人婆,都穿得干净利落,薄薄的嘴皮子很爱说话;走在他们后面的,是一个吊儿郎当的小伙子,身上带着很多炮仗、鞭炮,一路打来,看到我们小孩子,就故意东扔一个西扔一个,把我们赶过来轰过去。

这三个人总是远远地走在队伍的前面,碰上他们,虽然得不到什么好处,往往还要被嘲笑、捉弄一番,但还是觉得很开心。

走在前面的这三个人,总是那么热情、健谈。从他们那儿,我们可以问到后面新娘的许多情况,虽然这三个人精说话总是真真假假说说笑笑的。就像一台戏,前面的打八仙是必不可少的。

"哪一个是新娘?"

眼看他们要走了,我们赶紧问。

"今天还怕找不到新娘?"

"今天这个新娘可大方了,你们慢慢拦,东西多着呢。"

"今天新娘是有记号的,你们自己找吧。"

眼看后面新娘的队伍就要跟上来了,他们三个边说边走。就是这样,那个打炮仗的二百五,还要扔一个炮仗到我们中间,把我们吓得四处逃。

当胆小的跑得远远的,小伙伴们折回来的时候,已经有人爬到路边的一棵大枫树上,像一只蝉一样粘在树杈上,横好了竹竿。

"唱歌,唱歌。"我们叫。

于是,走在前面挑着被子、抬着红漆家具的队伍停了下来,吹拉弹唱的停了下来,金童玉女停了下来,然后,新娘和她的伴娘们好像很吃惊的样子,也在竹竿前停了下来。

"唱歌,唱歌。"我们像一群猴子一样起劲地叫着,男孩子东蹿西跳,东摸西摸,女孩子则在竹竿下挤成一堆,拦在穿得花花绿绿、走得仔仔细细的新娘和她的伴娘们面前。

"你们应该叫新娘子唱歌,怎么把我们都拦下了。"有一个女的这样说道。

我们知道,这个说话的一定不是新娘子。新娘子今天是不轻易多说一句话的。

"唱歌,唱歌。"

"小崽子,那你们把新娘子找出来,要不,听不到歌,也吃不到喜糖。"还是那个女的多嘴,其他女的都在一旁抿嘴笑着,个个都有点像是新娘子。

"她就是新娘子。"我们差不多是异口同声地指着一个微微低着头的女孩子说道。

"哈——"整个迎亲队伍发出一阵笑声。我们知道,我们找对了。

"这些小崽子,鬼精着呢。"有人说。我们也说不出为什么,十次有九次,我们都很准确地把新娘子从一堆花花绿绿的女孩子中找出来。

新娘子头低得更低了,脸也更红了。

"唱歌,唱歌。"

我们知道,新娘子今天照例是不会唱歌的,不管她唱得好不好,实在推不过,她就会让她最要好的姐妹们为我们唱歌。这一次,新娘子就叫那个老爱说话的女孩子为我们唱了一首歌。

"唱歌,唱歌。"我们树上的同伴儿还是横着竹竿不拿起来。

新娘和她的同伴儿们知道,光唱歌也是不行的,唱了一个又一个歌,唱够了,唱热闹了,最后,还是要新娘子亲自拿出系着红头绳的钥匙,打开红漆大柜的门,拿出红枣、花生、喜糖,还有柚子,竹竿才会拿起来,树上的才会唰地溜下。

"走咧——"弹唱的一边大声叫着,一边用死力吹拉敲打着,好像对我们的表现,对新娘的表现,都很满意。

我们一边吃着喜糖喜果,一边看着迎亲队伍拉成长长的队伍向岭上走

去,曲曲折折的,不一会儿就翻过岭背不见了。大家也三三两两、歪歪斜斜地坐在岭上,好像接下来不知怎么办才好。所以,大家就看着几个话多的在那儿斗嘴。好像每次这种时候,他们的话就特别多,特别亮。

"新娘子今天可真漂亮。"

秀玲说。

"漂亮个屁,脸红得像猴子屁股,声音细得像老鼠,还漂亮——"

大陆说。

"秀丽今天穿得这么好看,一定是想做新娘子了。"秀玲又说。

"你才想做新娘子呢,看你刚才看人的样子,走路的样子。"秀丽说,"就是说话的样子,不像。"

"那谁是新郎啊?"

大陆说。

"你啊。"

秀玲说。

"有两个新娘啊,应该还有一个新郎呀?"

建成说。

"谁说话谁就是。"

大家一起说。

这一天,大家有了小小的收获和快乐,也就有了小小的兴奋。但因为是小小的,所以,也就有了一点小小的失落。如果,那新娘要是娶进我们村,那就要美得多了。除了拦新娘,还可以闹洞房,吃喜酒,还有,慢慢就可以和那个红脸的新娘子熟了,然后,叫她的名字。

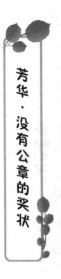

湿漉漉的雨

陈 敏

学校位于远离村子的旱塬上,像一只搁浅在河滩上的破船。

方培老师来的那天,天正下着小雨,两个男孩子流着鼻涕,满身泥巴,深一脚浅一脚地为他抬来了一桶水,放进他住的单间宿舍里。一路磕磕碰碰,桶里的水只剩下了半桶。水浑且黄,但一股暖流却蹿上来,瞬间温热了他冰凉的心。

校舍原是一间被废弃的财神庙。三十多个流着鼻涕的孩子拥挤在一间屋子里,被香火熏黑的墙壁不时掉着土渣,四周结满了蛛网,栖息在屋檐间的老鼠冷不防会弄下一大团灰尘,撒落在学生们身上。

第二天,方培阻止了孩子们为他轮流抬水的任务,用屋檐上接来的雨水洗脸做饭,还留下几个家离校较远的孩子和他一同分享村民们送来的玉米棒和山药蛋。

这些风雨中成长的孩子一开始还真无法管束。上课说跑就跑,八九岁了连自己的名字都写不好,多数呆若木偶,不吵不闹,不愿开口说话。

方培来了个逆水行舟,他说,我要带你们上山去,不过,我不仅是让你们四处闲游,你们除了使用两条腿外,还要充分利用你们的眼和耳,用眼睛观察,用耳朵倾听。

方培带着孩子们来了学校东面的一处山坡,那里生长了茂密的野花野草。方培要求他们每人在山坡上找一枝花,倾听花儿开放的声音。孩子们咧着嘴笑,纷纷四散开来,野鹿一般欢快地跳跃着,钻进花草丛中,仔细观察那些熟悉而陌生的植物。那些躲藏在草丛灌木里的野花有的开着,有的正打着骨朵儿,可谁也没见过它们是怎么开的,更别提花开的声音了,但他们还是找了各自喜爱的花朵,趴下来,将耳朵贴在花瓣上听声音。一天的倾听,有两个同学得出结论:花儿开放的声音太小,人的耳朵听不见,只有蝴蝶和蜜蜂这样的小动物才能听到,因为它们总是将嘴巴深深地扎进花蕊里面。

方培为他们细腻的观察而欣喜。给出答案的学生受到了方培老师的赞誉,还获得了蝴蝶状的花竹书签。老师又承诺,谁画画得好,字写得好,谁就能在夜晚和他一起分享望远镜的奥秘。他说他带来了一架可以观察天体的天文望远镜,能从中看到银河桥、月亮里的吴刚和桂花树,望远镜里看到的星星比山都大。

方培老师给学生们每人一张小纸片,让他们把观察到的花草树木,蝴蝶、蜜蜂、鸟儿画在上面并在画的下方注出汉字。

这一招很妙,通过画画学写汉字,一直被认为很难的字写起来竟然如此容易。老师激励下的孩子们眼眸里闪出的光亮晶晶、清莹莹,像他们从望远镜里看到的星星。

方培老师每天教学生们唱一首歌。

方培老师还在破败的院落外面竖了根木杆,升起了国旗。

沉默已久的孩子们像春天早起的鸟儿叽叽喳喳地欢叫开来。

又一个秋雨季节来临。雨,淅淅沥沥,已经下了整整一月。旱塬成了烂泥滩,校舍岌岌可危。方培给村主任反映危房情况,村主任说村里青壮年外出打工,没劳力;他又给上级反映,上级承诺派人查看,却一直没来。

雨,依然没有停的迹象,方培这一夜睡得潦草,一些窸窸窣窣的声响仿佛来自天外。他天没亮便从床上爬起来,将陆续来校的学生挡在外面。

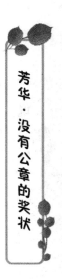

　　湿漉漉的泥地上,孩子们整齐地站成一排,眼睁睁地瞅着已被折断了的屋脊。方培老师说:见证奇迹的时间快要到了,你们将会幸运地目睹这座破旧校舍倒塌和一座新学校拔地而起的全过程。学生们都不明白,这会儿方培老师竟然没有悲伤,反而如此欣喜。终于,教室的屋顶在他们久久的注目礼下"轰"的一声,倒了。一团白烟从雨雾中升起,缓缓向雨中扩散,场面惊呆了孩子们的脸。

　　第一个赶来的是村主任,许多上了年纪的村民也纷纷赶来。看着方培和孩子们呆在雨中,没缺少一根毫毛的孩子们扑向各自的爷爷奶奶时,村主任像牛一般地号啕起来。

　　学校倒塌的事件惊动了县教育部门,方培保护学生的事迹成了全县教育系统的一大新闻,几路记者陆续赶来。

　　面对好几个镜头,方培说:"我可以用一句话回答你们的全部问题——是老鼠给了我启示,让我将孩子们挡在了外面。我老早就听人说'老鼠搬家,房倒屋塌'。那一夜,栖息在屋梁里的老鼠全部搬了家。"

　　三个月后,一所名为"希望小学"的小洋楼在原址上建起。学校正式分配来了两名年轻教师。而方培却选择了离去。他去了另一所更为偏僻的学校。

　　离别那天,天依然下着雨。学生们整整齐齐地站在雨里,含泪目送他们的老师离去。

胯下之辱

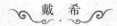
戴　希

授课结束了。

"现在,我要进行一次测试!"教授忽然说。

学生们立马紧张起来,两眼直勾勾地盯着黑板,等教授出题。

教授却转身走下讲台,径直迈向教室前门,像一道挺立的门槛,从容地趴倒在教室门前。

学生们愣住了:教授不出考题? 教授这是要干吗?

教授把脸侧向学生,说:"同学们,你们一个接一个,从我身上跨过去,跨过去吧!"

学生们怀疑自己的耳朵出了问题。

看学生如此神情,教授又说:"同学们,还犹豫什么? 来呀,一个接一个,从我身上跨过去!"

学生们反应过来,有人起哄,也有人举起手机拍照。但就是没人起身,更无人挪步。

教授有点儿失望,忍不住又喊:"同学们,你们怎么啦? 从我身上跨过去,跨过去呀!"

一些学生红着脸,慢慢从座位上站起。教授有了几分欣慰,但很快,他又失望了。

站起来的学生,有的仍在左顾右盼,有的竟悄悄从教室后门溜之大吉,仿佛战场上失魂落魄的逃兵。

教授真想发火,真想破口大骂,但教授没有这样。想了想,依然用鼓励的眼神看着他的学生,微笑着说:"同学们,别再迟疑了,快从我身上跨过去!从我身上跨过去,这比上阵杀敌还难吗? 这比造原子弹更费劲吗? 我相信,你们都不愿做胆小鬼,对不对?"

遣将不如激将。终于有个窈窕淑女缓缓走出座位,轻轻踱向门口,谨慎地从教授身上跨过去。

教授满意地点了点头。

"你们看,女生都跨了过去,男生呢? 男子汉大丈夫,还不敢越雷池一步?"教授又在激将。

有名男生脸上火烧火燎的,腾地离开座位,一鼓作气从教授身上跨过去了。

"这就好,这就好嘛! 多大个事儿啊! 继续,继续,同学们,继续从我身上跨过去!"教授热情地呼唤着。

就这样,一个,一个,又一个……最后,共有十三名学生让教授如愿。

后来,实在没有学生肯响应了,教授才缓缓从地上爬起,拍拍手,笑笑说:"今天一百多名学生听课,只有十三名敢从我身上跨过去。这也不错,不错了! 令人遗憾的是,这些学生都不是很自觉,不够勇敢啊!"

"那——尊敬的教授,您为什么要进行这样的测试?"一名女生蹙着眉问。

"问得好哇!"教授感叹,"每次,我给你们授课,教室里都鸦雀无声,要说有声,也只是你们埋头做笔记的沙沙声。"

"这不好吗?"女生追问。

"我不能说这好还是不好。"教授回答,"我只想告诉你们,在欧美最有影

响的大学,当教授授课时,学生们总是情绪高涨、积极主动,不时地举手发问,或者站起来发表自己不同的见解,有的甚至为坚持自己的看法,与教授争得面红耳赤……"

"亲爱的教授,您不妨直言相告吧!"有名男生憋不住了,"您今天测试我们的目的究竟是什么?"

"教导你们!"教授语重心长地说,"要敢于否定前人,勇于超越权威,大胆坚持真理,矢志探索创新。因为,唯有探索创新,才能促进理论发展,才能推动社会进步啊!"教授目光如炬。

学生们豁然开朗,对教授更加敬佩。因为他们谁也想不到,一位重点大学的学术权威,一位成就显赫的科学家,为了开悟他的学生,为了激励他们站在巨人的肩膀上矢志成材,也能含笑忍受这胯下之辱!

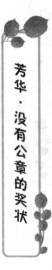

一声叹息

刘会然

多年过去了,胡老头连连的叹息声还压在我的心头,特别是属于我的那一声。

那年是 2012 年吧,六床的汪小亮买了一台电脑,有事没事他就玩电脑游戏。室友簇拥在寝室唯一的电脑前。通常,汪小亮坐在中间,操纵鼠标或键盘,我们四围,充当军师。

玩得精彩时,大家血脉贲张,手舞足蹈。惨败时,大家屏气敛息,咬牙切齿,恨不得把汪小亮从座位上拖出去斩了。然后我们替他复仇。

那天,隔壁寝室的周卫兵跑了进来:你们寝室还如此原始,玩单机版?人家都是在网吧联网,真人与真人互相厮杀。

我们慌乱起来,纷纷带好钱包,匆匆赶往校门口的网吧。一走进网吧,就像刘姥姥走进大观园,人家果真是手指翻飞,玩得不亦乐乎。

我们摩拳擦掌,跃跃欲试。在服务台交上押金,领了上机牌,各就各位,纷纷投入"星际争霸"的战场。十个室友分成两组:上铺的兄与下铺的弟。兄弟们运筹帷幄,斗智斗勇。我们为争夺一片森林,争得你死我活;为抢挖一块金矿,杀得片甲不留。

时间像流水,两元钱一个小时的上机费,也像流水一样潺潺溜走。像所

有战争一样,总有胜负之分。胜的一方趾高气扬,目空一切;败的一方,不甘受辱,重下战书。

我们空前团结,全力以赴,从日场到夜场,从夜场到日场,把所有的休息时间和金钱花在了游戏上。我们把生活费统一上交,合理规划。我们节衣缩食,东借西凑,沉醉在游戏中不知归路。

寒假前最后一个月,我们更加疯狂,声称除了坐车回家的钱,我们一分不留。好在学校是一所地区专科学校,我们都来自本地区,车费不贵,最近的三元,最远的十五元。

按照惯例,寒假前,每个寝室都聚餐。其他寝室纷纷行动了,我们寝室要不要聚餐?

一个个愁眉苦脸。八床的刘勤奋说,我们也该聚聚餐吧,这可是大学最后一次寒假聚餐。寝室长眉头紧锁,说,聚餐至少需要花二百元,可现在,我们只剩下回家的车费了,总不能走路回家吧?

刘勤奋说,我们不是还可以卖废纸弄点儿钱吗?听刘勤奋一说,大伙儿脸上活泛起来,说怎么我们就没有想到,废纸还能够卖钱!

寝室长说,我们全寝室的车费,我统计过,十人,总共要一百五十元。

现在我们手头还有二百零二元,如果加上废纸的钱,大约每人十元,也就是说,我们总共有三百元左右。如果要聚餐,餐费不能超过一百五十元。

放假前夜,我们来到了校门外那家最小的餐馆。我们小心翼翼地点菜,小心翼翼地喝酒。虽然吃得很克制,但还算满意,毕竟我们吃上了团圆饭。

我们正准备结账时,几个人摇摇晃晃过来敬酒,是隔壁寝友。他们鱼贯而入,一一敬酒。我们谨小慎微,按兵不动。他们好像看出来我们的破绽,趁机挑衅,说,你们寝室的都是孬种,一个团圆饭,我们敬你们酒,你们竟然不回敬。

我们酒气冲头,血气方刚,结果,我们花费了近三百元。

第二天,从睡梦中醒来,才开始为昨晚的傲气自责。我们把眼睛盯在一袋袋废纸上。可盯着也是白盯，十个人的废纸压根儿就凑不足十人回家的车费。

别的寝室都呼朋引伴的，笑嘻嘻地赶往车站搭车了。我们都懒散地躺在被窝里，谁也不肯第一个起床。

不久，刘勤奋穿衣出去了。很快，刘勤奋回来了。我们看到他手里多了一块砖头。

刘勤奋对大家吼道，真不想回家过年了吗？我们看到刘勤奋把砖块塞进他的废纸袋里。我们没有理由再赖床了。

收废纸的胡老头最后来到我们寝室。称起第一袋废纸时，他的臂膀就颤动了一下。十袋，他竟然颤动了十次，真是少见。

十个废纸袋很快就被胡老头扛上了他的三轮车。我们把所有的钱凑到一起，比大家回家的车费一百五十元还多了十五元。刘勤奋跑到小卖部，给我们每人买了一个一元五角的面包。

大伙儿吹着口哨，背起旅行袋高高兴兴地回家。

我最后才走。路过操场旁边的垃圾堆时，我看到胡老头的三轮车正停在一旁。胡老头从一个个袋子中摸出砖头，把它们一一丢进垃圾堆里。

胡老头额头冒着白气，每丢一块砖头，都伴随一声叹息。

我数了一下，不多不少，一共十声。

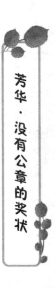
芳华·没有公章的奖状

轻　功

陈　超

1994 年, 我上小学四年级, 我哥上初中一年级。

那时候, 我俩攒钱汇款买了一本武功秘籍, 准确地说, 是一本轻功秘籍。书的封面, 画着个和尚, 他半蹲在一个大水缸的边缘, 貌似刚从地上飞上去的。

我说:"这大缸太牢固了, 司马光绝对砸不烂。"

我哥说:"咱们开始练习吧。"

照着书中的要求, 我们购买了两套绑在小腿上的沙包。我和哥哥开始每天绑着沙包上学, 于是上学的脚步变得极其沉重。我很用心练习, 出家门和快到学校大门的时候, 都是跑步冲刺。那时我家在四楼, 我们开始在上楼梯时采用双脚跳跃式, 从一开始的一次跳两级台阶, 慢慢变成跳三级。有时候想挑战一下四级, 但我怕变成"四级残废", 基本上都选择放弃。

那是一个晴朗的周末, 我和哥哥站在乒乓球桌旁, 将小腿上的沙包卸下。尽管我们明白, 电视上的那些从地上飞到墙上的轻功, 都是采用"倒带"达到效果的, 但我们还是毅然决定"起飞"一次——原地双脚起跳, 征服乒乓球桌。

哥哥先在原地垂直起跳, 并让我看看是否超过了乒乓球桌的高度。

我说：超过了。

他"噌"的一下就上了球桌。哥哥居高临下，说："弟弟，你上来，就像我这样。"

我说："我……我再练习一下。"

我一边原地跳，一边想了想我的同桌晶晶姑娘——可能要永别了，课桌上的"三八线"可以抹去了。

我双腿一用力，脚尖一弹，眼睛一黑，小腿胫骨直接撞上球桌边缘，跪倒在桌上。

哥哥赶紧帮我检查伤势，说："破皮，没事。"

我说："哥，你轻功好，以后我们打坏人时你攻上，我攻下。"

现在想来，当时的我们其实已经在练习跑酷了，进入了飞檐走壁的最初级阶段，看到墙我们都会靠瞬间加速在墙上留下一串弧形脚印，嘴里哼哼哈哈的。

在一次体育课上，体育老师做了一次百米跑测试，我跑了个第二名。

第一名跑过来与我惺惺相惜，他说："差点就被你追到，不然我轻功白练了。"

我说："啊？轻功？"

他说："这是我的秘密——保密哦！"

我点点头。

放学后，第一名拉着我到了一个角落，从书包里抽出了他的轻功秘籍。

"啊！大缸！"我喊道。

我急匆匆赶回家，向哥哥汇报情况。

哥哥沉默不语，闭着眼躺在床上，没脱鞋。芦笛牌录音机正放着一首男女对唱，男人的声音比较柔。

后来，我才知道他叫张信哲，而那首歌叫《有一点动心》。

接下来的日子，哥哥常常那样躺着，那样听着歌。

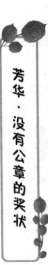

对此,我有点耿耿于怀,开始怀念起与哥哥一起练习轻功的日子,开始痛恨那些绵软无力不知所云的情歌。

那仍然是一个晴朗的周末,我再一次站在乒乓球桌旁。一只鸟站在电线上看着我。

当我站在乒乓球桌上时,耳垂下有风划过,一种站在世界肩膀上的感觉顿时占领了我整颗心脏。

我迫不及待地冲回家,哥哥仍躺在那里。

我说:"哥,我成功了!"

哥哥轻声说:"弟弟,你过来,躺在这儿。"

我走过去,躺下,十指交叉放在肚脐上,眼睛刚闭上,音乐就流淌进我的心里。那些歌词、那些旋律让我有点措手不及,副歌部分,晶晶姑娘的样子竟然在我脑中成为一幅纯美的简笔素描。

我跳了起来,拿着沙包夺门而出,在院子里跑出一身汗。

时光毫不犹豫地自顾自地埋头前行,整个初中,由于我的轻功基础,只要是用腿的体育项目,我都表现不错,听过终点线旁女生的尖叫,吃过三级跳时扬起的沙子,挡过对方前锋的重炮轰门。

中考体育,除了铅球,其他两项用脚的项目都是满分,当时我很后悔小学没买那本《大力金刚掌》。

到了高中,练习轻功的日子越来越少,光天化日之下反复跳上乒乓球桌的举动会被视为脑子进水。

随着学习任务日益加重,我深刻感受到:轻功让我步履轻盈、健步如飞,却无法让我的学习突飞猛进,也无法让我跟上女生早熟的思维。为了学习,甚至要把自己的青春暂时活埋。

工作后应酬很多,大学时候开过酒吧的我早已对酒产生了恐惧,但常常不得不喝。

有一天,我们公司请某局领导吃饭,这位领导很有个性,一坐下来就叫服务员把酒全撤了。他说他想多活几年,他说他从小就喜欢运动,他说他不喝酒这个习惯惹毛了很多领导……

　　他说了很多话,但让我最吃惊的是,他笑着说他小时候练过轻功。

　　我第一个大笑起来,他也大笑起来。

　　我明显地看见,他眼里泛着一抹光。

乡 愁

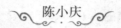
陈小庆

　　大学三年级那会儿,我们寝室的几个人破天荒地发现学习的重要性了,就像哥伦布发现新大陆那种感觉。这源于我们隔壁寝室一哥们儿,因为他是学霸,学习好,尤其是英语好,居然和一个来自瑞士的千金小姐谈婚论嫁了。你会说:瑞士不是说英语的国家? 这你就不懂了,隔壁的哥们儿就是因为教人家瑞士妞学英语才争取到的机会! 看出来这哥们儿英语有多好了吧!

　　那瑞士妞不仅漂亮,关键是有钱,老爹是开银行的,据电影里说,许多黑社会老大的钱都在她家存着呢!

　　我们眼睁睁看着隔壁那个穷小子一天天穿得好用得好了,日子过得——唉,说出来都让人难受!

　　我们寝室几个人就开始从自身找原因了——这是多好的习惯啊——必须好好学习,尤其是英语,一定要学好!

　　"为了学好英语,为了创造良好的口语环境,咱们以后日常生活都不能说中文,谁说一句,罚款十元!"四个人里英语最好的老白率先提出了建议,他最好的英语成绩是大二时考过六十五分,满分是一百五十分。

　　"黑了心啊……"英语最差的韩金贤剜了老白一眼,韩金贤,名字很韩国,却是地地道道的山西老乡,家里比较有钱,但很小气,觉得老白此举完全是针对他的。

"我赞成! 我觉得不罚款什么事都弄不成!"我的确是这样想的。我已经做好被罚个三十五十的思想准备了。

"可不可以五元?"老汤什么事都喜欢讨价还价,仿佛不讨价还价就吃亏了。

"老汤,这样就不对了,你以为这是在做买卖吗?"老白素来欣赏老汤的讨价还价功夫,每次去买十元以上的大件商品都拉上老汤,今天却对他讨价还价非常反感,"我定的这个罚款对每一个人都是公平的,学习不能讨价还价,你是给自己学的,难道你要和理想讨价还价吗?"

"这么说是一口价?"老汤问道。

"OK……"老白点点头,他明白爱讨价还价的老汤遇到久负盛名的一口价也就死了心了。然后我就问:"罚款所得用在哪里?"

"喝酒!"这是我听到的老白最后一句中文。

韩金贤闻言也默认了。

于是老白说了句英文:"Let's start right now."看老白的表情,我连蒙带猜大意应该是:"我们现在开始吧。"

韩金贤没有听明白,问了句:"你说什么?"

老白伸出黑乎乎的手:"Ten yuan."四周一片安静。老白怕他听不懂,用手指给他比画了个"十",并且把字母一个一个拼读出来。

韩金贤愣了,又想说什么,但面对巨大的安静,他似乎明白了——已经被罚了十元钱。好在机智的他没有再说什么。他乖乖地掏出十元钱,放在了老白的手上。

我和老汤面面相觑,都不自觉地绷紧了嘴巴。

我不知道老白是怎么和小卖部的人交流的,反正他拎回了四罐儿冰镇啤酒,一声不响地递给我们,我们每个人都喝了个痛快,包括韩金贤。

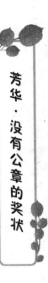

要想说好英语，首先不能开口就说汉语，得想想英语怎么说。所以我们说话学会了三思而后说，甚至不说。

养成这个好习惯以后，我们在教室里说话也非常谨慎，开口前都要想想身在何处，所要说的话英语怎么表达。我因为常常想不起来英语如何表达，干脆就少说甚至不说。

韩金贤当然更不知道如何用英语表达了，他就用手势表达，比如他正站在梯子上往寝室墙上挂看图说英语，要让我帮他拿水杯，就咳嗽一声，看我注意到他了，他就做个喝水的动作，再指指水杯的方向，实在是既简单又明了。后来我和老汤发现真是天无绝人之路，手势真的可以表达很多很多意思，甚至老白也因为要表达许多复杂的意思，他所掌握的那点儿英语根本不够用——也因为他会说的那点儿英语，我们也都听不懂——也大用特用手势。

因为大家憋着不说汉语的毅力，我们也就喝过那一次啤酒。至今想起来，再也没有比那罐儿更好喝的啤酒了。

但我们午夜梦回时的梦话是不受规定限制的，我们憋了好多天的语言系统，都渐渐学会说梦话了。我们在梦里飘各自家乡的方言，说起家乡的小河、麦田，以及种种……就好像，我们憋了三年的乡愁终于集体暴发了。

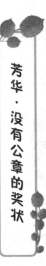

你的清炒我的红烧

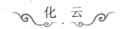

化　云

那一年,我刚上大学——陌生的城市,陌生的人群。还好,宿舍和高中时差不多,也是八个人,只是来自不同的省份,普通话夹杂不同的地方口音。

八个几乎同龄的女孩子很快按身份证排好了顺序,这样的称呼简单亲切,大姐叫老大,小妹叫老八,我是老三。

三姐,我去打饭,给你带一份?红烧鱼还是土豆牛肉?老七嘴甜,从来不喊老三。

什么都好,辛苦你啊!我递过去饭票,窝在床上看书。

她回来,端着米饭和清炒瓜丝、土豆牛肉。

一起吃吧!

于是一菜一饭变成了两菜一饭,荤素搭配。

我去洗碗!她夺去饭盆,别跟我客气,咱们可是三七二"是"一!

嘴就是好使,巧用谐音的一句话,我们俩就好成一个人了。

这样一吃就是一个学期,她的脸蛋日渐红润丰腴起来。

老五说,三儿啊;过日子要精打细算。我知道她指的是什么,只是笑笑,窝在床上看书。

寒假到了,我归心似箭,她却说不回去了,要打工。

你不想家?

有什么可想的? 我好不容易从那个旮旯出来,再也不想回去了!

我不行,我想那个小村里的人。

开学了,来不及寒暄,老五就悄悄告诉我,非我莫属的奖学金易主了。

我愕然。

老五努努嘴,你知道她假期去哪打工了? 给老班! 免费看了一假期孩子! 你得找老班说理去,看他怎么给你解释!

哦! 真够不容易的,算了,也不是给了旁人。

她进来,三姐,我去打饭,你吃红烧肉还是红烧鱼?

随便吧! 我把钱递过去。

我们依旧是饭友,依旧是她的清炒我的红烧。

新鲜过后便是无聊。联谊宿舍就在这无聊的日子里悄然兴起,我们宿舍也不例外,甚至那个老三对我这个老三有明显的意思。

那天晚上,整条街都停电,我们联谊宿舍约了到学校旁边的小公园去散

步,那里有个人工湖,湖边泊着几条小船,朦胧月光下别有番韵致。突然有人从一条小船跳到另一条小船,他们便一个接一个地跳。

船板咚咚响,笑声一串串。

突然"扑通"一声,有人落水了!

老三! 老三! 我还没有反应过来,就看见一个高大的身影直戳戳地跳下去,抓住水里扑腾的人一下甩到小船上。

老三! 老三! 是那个老三爬上岸来不停地喊。

我在这儿! 我才回过神来。

哎哟妈呀! 是老七! 我听到老大的喊声和老七的哭声。

我以为是你! 他站在我的面前,浑身淋淋漓漓,不停地抖。

快别说了,别让老七伤心! 我拦住他的话,手忙脚乱地帮他擦头上的水:不会水还去救人呢,你知道那水不深吗?

不知道,我真的以为是你!

我的指尖捂住了他颤抖的唇。

可是他成了老七的救命恩人,他们的关系在她的眼中是那么的理所当然。我要嫁给他! 她说。

很快,我没了饭友,看着他俩出双入对。

台湾的一个公司在学校附近搞展销会,需要八个女孩做礼仪。学校很支持我们勤工俭学,精挑细选,我和其他班的七个女孩被选中。我听见她在主任办公室不停地央求,就让我去吧,我不要工资,我只要这个锻炼自己的机会,求求您了主任!

我们九个女孩拖着统一发放的行李箱,穿着统一的制服空姐一样昂首走过校园,你无法想象那是怎样的惊艳。

一周后,我躺在床上数着那七张红红的钞票,这站了一周的劳资,可相当于老妈给我的一个学期的生活费啊!

老七把两百块钱放在我的床头,三姐,我要走了,吃你那么多红烧,有机

会的话我会加倍补偿你,我这儿的东西,你看什么你能用就用吧。

我不要!我把钱给她放回去,东西我也没什么需要的。

嫌弃就替我扔了吧!她起身,说,还有那谁,他人挺好的,你别错过了,当初他一心想救的是你。

呵!

据说她是做了那个公司老总的干女儿,据说那老总给她买了个大学的毕业文凭,据说在上海给她一套房子,据说在上海的公司给了她股份和工作。我不知道是不是真的,只知道她走了,是坐飞机走的。

他来找我,一脸憔悴:别怪她!她只是想生活得好一点儿!

我笑,她的个性,到哪里都能得到她想要的,我们跟不上她的步伐。

他走了,没有再来过,是怕见了我想起她吧。

毕业的时候,他来帮我托运行李。

老七回来了!

在哪?我突然发现我竟然没有想念过她。

在老家呢。她很不好!资产上千万,却得了淋巴癌。挺可怜的。我要去看看她,你去吗?

不了!相见不如不见,她肯定不希望被我看到她现在的样子。我的眼泪落下来,你去了也不要提起告诉过我。

直到现在,我宁愿她还是美丽的样子,还是那么得意地生活着——就让我当她是一切都好吧!

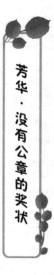

屋 龙

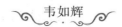

韦如辉

小时候,住土坯房,草顶。

有蛇从屋顶出没。娘惊叫一声,蛇!奶奶几乎把眼珠子瞪出来,压低嗓门吼:叫什么叫?是龙,屋龙。然后,双手合十,冲龙的方向,躬下腰身。

龙,一会儿便没了踪影。

奶奶搂住我,抱得紧紧的,两条胳膊像蛇一样缠住我,奶奶的怀里很温暖。奶奶说,孩子,别怕,那不是蛇,是龙。蛇缠人,咬人。龙不,龙保佑我们全家平安。奶奶眼睛里闪着光,双手轮换着拍打我的屁股和肩膀,直到把惊恐万状的我送进梦乡。

爹是个闷性子人,八脚踢不出一个屁来。但是,爹孝顺。奶奶叫爹朝东他不朝西,叫他打狗从不撵鸡。

娘看不惯,替爹鸣不平。于是,婆媳之间拧劲,小吵小闹是常有的事儿。

只有屋龙出现,奶奶才会息事宁人一段日子。后来,每当奶奶与娘拌嘴时,我倒希望蛇能在屋顶上慢腾腾地走过一回。

奶奶怕惊动龙,甚至惹恼龙,若龙走了,我们家就没有保佑了。

奶奶说,谁家住了屋龙,就不怕风,不怕雨,就能平平安安。去年,三旺家的屋顶叫龙卷风掀了,就是因为三旺家没住屋龙。

屋龙真的有那么神奇吗？有时看着发霉的屋顶我痴痴地想。之后，便产生一种莫名的幻想，如果真来一阵风，验验奶奶的话是不是灵？

在那个初夏，我幻想的风说来就来了，而且很大，还带着暴雨。天，从东边先暗下来。风，铺天盖地，沿着山脚下的峡谷呼啸而来。最后，是雨，倾盆大雨，分不清哪边是天哪边是地。

奶奶蜗居在我们家的草屋里，喃喃自语，三十年没见过这么大的风雨了。

雨后天晴，我们的草屋安然无恙。走出去看看别人家的怎么样？呀，有的被掀开，有的被卷起，有的连墙头都东倒西歪。

于是，我相信奶奶说的话，我们家住有屋龙。

奶奶吁一个长声，小点声儿，甭让别人听见了，千万不能说的！

又过了一年，屋顶的茴草变黑了，朽了。娘准备了一桌像模像样的酒菜，爹请来一帮闲劳力，打算重新给屋顶换一下草。

临动手前，奶奶上前阻止。她先上三炷香，磕三个响头，才让大伙儿动手。

三旺嘴快，说，这老太太，唱的是哪出戏？三旺本来是想调侃一下，可是奶奶不高兴，一脸的皱纹竖成针，出口不逊地说，去你奶奶的，多嘴，少管闲事。

有一个冬天，记不清是哪一年了，只记得大雪扑门。锅灶口堆满草，娘做饭，奶奶烧锅。奶奶边烧锅，边指挥着娘放油放盐。本来娘就对奶奶一肚子意见，她让放盐，娘却放油；该放油了，娘放盐。奶奶气得像一只下蛋母鸡似的咕咕叫，叫着叫着，奶奶不叫了，奶奶咦一声，双手合十。在奶奶的脚边，盘着一条蛇，白底红斑。蛇体大，如一捆绳，有条不紊地缠绕着。

娘就发毛。一眼望去，竟是那样一条大蛇，吓得魂飞魄散，丢下锅碗一口气跑到河边，捂住胸口喘不过气来。大半天，奶奶让我去叫，才把娘带回家。娘做梦，娘啊娘啊地喊，娘醒后说，我的娘啊，那条蛇，可真大！

奶奶怒目圆睁，压低嗓门儿吼：是龙，屋龙。再叫蛇，非撕烂你的嘴。

后来，村子里多数人家盖起瓦房，因为奶奶的反对，我们家还住草屋。

最后就剩我们一家草屋的时候，奶奶才松口。爹开始备料，准备开了春就推倒草屋盖瓦房。

冬天还没完全过去，奶奶吊死在草屋里。

别人小心翼翼地问：这老太太，怎么这样走了？

娘坚定地说，是蛇，蛇缠的。

给张小渴老师做媒

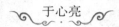
于心亮

  我们都有自己的玩具，比如弹弓、沙包、抄网……张小渴老师也有，那是一根竹管，放在唇边可以呜呜咽咽地吹……张小渴老师说这是箫。可我们觉得那应该是笛子。

  风起的时候，张小渴老师喜欢坐在山顶上吹他的箫，箫声很美丽，让流浪的风儿送出好远，送到远方，送到名叫天涯的地方……我们都觉得张小渴老师身上有许多故事，但是他从来不说。我们也从来不问，只是愣着眼神，听张小渴老师吹箫。

  从张小渴老师到来的第一天开始，我们就觉得他第二天会走。结果第三天过去了，第四天过去了，张小渴老师依旧没有走。我们想：也许第五天第六天，张小渴老师就会走的吧？

  但是张小渴老师始终没有走，他微笑着跟我们学习山里话，我们也笑哈哈地跟他学习普通话。我们学说普通话很快，但是张小渴老师学习山里话很笨拙。这让我们感觉很开心，原来老师也有不聪明的时候啊！

  不太聪明的张小渴老师一上课，我们就觉得不是那么拘束和紧张了，我们甚至可以做一点儿小动作，还可以偷吃一点儿零食。

  有空闲的时候，我们喜欢玩耍，张小渴老师喜欢写字。老师就是老师，时时刻刻注重学习。后来我们发现他喜欢把写出来的字邮寄给远方,我们于是很自以为成熟地知道,遥远的地方,原来有张小渴老师的思念啊!!

我们跑到村头上寻找放羊的二哥,我们很严肃地对二哥说:你必须和春花姐姐拉倒,否则我们就天天打你的羊!二哥奇怪地问为什么,我们郑重地说:我们要让春花姐姐做张小渴老师的老婆,你要敢捣乱,我们就堵你们家的烟囱!!

看着放羊的二哥真的被我们唬住了,我们就屁颠颠地去给张小渴老师报喜,说春花姐姐要成为我们的师母,你高不高兴啊?张小渴老师很惊讶地看着我们,竟然说不出话来了。我们面面相觑却又兴奋异常,原来人一旦太高兴了,竟然不会思想了,张小渴老师不会高兴得傻掉吧?

事实上,张小渴老师对我们的好意一点儿也不领情,他甚至有点儿恼怒的样子。但他并没朝我们发火,只是说我们乱弹琴。

难道张小渴老师不喜欢春花姐姐?我们犯难地把村里的大姐姐们一一拉来排队:

杏花姐姐嘛,脸上有颗痣,算命的瞎子说了,克夫。

桃花姐姐嘛,皮肤有点儿黑,算命的瞎子说了,命苦。

梨花姐姐嘛,腿脚有点儿短,算命的瞎子说了,懒惰。

枣花姐姐嘛……

——哎呀!难为死个人了。春花姐姐那么好的姑娘,长得眼睛是眼睛鼻子是鼻子的,多漂亮啊!山里的姑娘多好啊,书上不是说了嘛,淳朴善良,天真可爱……可张小渴老师怎么会看不上眼呢?

难道,终有一天,张小渴老师会走吗?如果那样,我们就不操心了,许多年里,老师来来往往,我们已经习惯了。还是去看看天上的鸟雀吧,叽里叽里叫着,虽然没有张小渴老师的箫声好听,但也毕竟是美丽的声音吧?

在张小渴老师的箫声里,我们顺利地度过了一个完美的学期,我们很高兴,因为我们捧回了会考比赛的锦旗。但我们也很哀愁,因为我们感觉,张

芳华·没有公章的奖状

小渴老师,很可能要离开了……

张小渴老师开始收拾房间了,忙忙碌碌地忙活了一个上午,然后就悄悄离开房间,独自向山外走去了。我们站在山顶上,寂寞的眼神看着张小渴老师把身影变成小山羊,变成小黑狗,变成小老鼠,变成小蚂蚁……终于变没了!!

但在傍晚的时候,我们惊讶地看见张小渴老师又变回来了,不,不仅是变回来了,而且还变回一个陌生姑娘——他俩手拉着手从遥远的山外快乐地走来,快乐地走来了……我们呼啦啦去偷听张小渴老师和那个姑娘的墙根:

——没想到我真的来了吧?

——有点儿意外,但也在意料之中。我知道你会来的。

——想不想我?

——想啊,我们的学生一直给我介绍对象,我都没有答应呢!!

——抱我一下。

——嘘,小点儿声,我们的学生很可能会来偷听墙根儿的。

金灿灿的夕阳里,我们大呼小叫地逃开了,我们一直跑,都跑到村外去了。我们看见放羊的二哥,我们严肃地说:你必须和春花姐姐好,否则我们天天打你的羊! 二哥奇怪地问为什么呀。我们郑重地说:学校里又来了一个女老师,如果你敢捣乱,我们就去堵你家的烟囱! 山顶的箫声又吹起来了,我们飞快地向着箫声跑去,扔下一脸茫然的放羊的二哥。他感觉很无辜。

天空很蓝,羊在吃草,鸟在叫着。教室的窗台上,绽放开美丽的花朵,清凉的山风里,很香。两只蜜蜂,伏在上面。

偷鹅贼

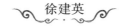
徐建英

  贫困的年月,总有很多巧合让人匪夷所思,为此有段时间成为小伙伴们的笑柄。

  我家养了一群鹅,具体从什么时候养起,我真的不知。我们村那个湖很大,临湖而居最大的好处是好放鹅,清早把鹅放出栏,撒些吃食后往湖中一撵,任这伙红喙白毛的野汉们在湖里嬉闹。当这些儿时的记忆深烙在我脑中时,我一度怀疑那个谁在写"鹅,鹅,鹅,曲项向天歌,白毛浮绿水,红掌拨清波"时,一定是到过我们村的。

  我爹一次在清点收湖的鹅时,发现少了一只。我爹心急火燎,天都透了黑,还执意点着松子灯沿湖找,最后在湖岸的某个沟壑里捡得一堆鹅毛,他捏着鹅毛整夜不合眼。虽说那些野汉们只懂得日复一日地在湖里嬉戏,但收湖后能很争气地在鹅栏里落下一堆蛋,而我家就靠着这一堆一堆的蛋,换回一年的油盐酱醋茶和爹的烟丝、烟袋。

  失鹅事件后,我爹通过明察暗访,终于把偷鹅贼锁定在一个叫刘二的闲汉身上。这个刘二长得人高马大一表人才,却从不种田不养殖,家中泥墙茅顶,逢大雨大漏小雨小漏,白天望太阳夜晚看星星,却是终日屋外肉香飘洒,捣得满村小孩缺油生锈的肚子里馋虫翻搅,哈喇子满襟。可我爹无凭无据,

空口白牙说不出子丑寅卯,只好干咽气一狠心从外头高价买来了只大耳尖身健硕的狗,取名"灰灰"。

自从灰灰来后,那些有意走近大湖的人,也因灰灰虎视眈眈站在湖边吐着长长的猩红的舌头,望而却步。

刘二在村里到处给我爹扣帽子说他私占公湖,我爹因此招了不少口舌,只得苦着脸把灰灰锁在后院。可灰灰一上锁,我家的鹅就受伤,收湖时拖着跛腿,跌跌撞撞地在我爹焦躁的目光中栽进鹅栏。我爹当时红着眼青着脸当村跳脚大骂,又绕着刘二紧锁的大门转了一圈又一圈,当晚就把灰灰放出来,并把自己的口粮塞进了灰灰肚里。

灰灰从此更卖力,只要鹅在湖中扑通了几下,灰灰就会"汪汪汪"地吐着猩红的长舌一路狂吼奔向湖边。到了夜晚,灰灰睡在鹅栏边,每有动静,就从院前吼到院尾,一栏的鹅跟着嘎嘎嘎地奏着平安曲,我爹终于松了口气,一门心思搁在他的庄稼地中。

那一天,我家的鹅在夜晚又丢了。我爹百思不解,整夜静悄悄的,灰灰一点动静也没有,这鹅怎么丢的呢? 我爹悄悄地绕着刘二家转了几圈后,对谁也没提丢鹅的事,只是到了夜里,我爹悄悄藏在鹅栏边。

半夜,我家的院里扔进了包子,灰灰一骨碌爬起来一口吞一个,跟着一块接一块的肉扔进来,我爹在月下看得真切——是鹅爪鹅头。灰灰吃完舔舔嘴,悠闲地在院里走了几下后,一歪腿斜躺在地上,气得我爹在鹅栏外狠着捏裤腿。

院门开了,我爹就看到刘二蹑手蹑脚走进了院,又轻手轻脚绕过灰灰靠近鹅栏。当他的手伸向白鹅时,我爹大吼一声,提着榔头挡在院门边。灰灰醒了,它一抬眼望见怒气冲冲的我爹,怯怯地爬起来向正想攀墙而跑的刘二冲去。刘二一见灰灰,忙跳着跑着往鹅栏里逃,一时鹅飞狗跳人蹿,小小的鹅棚剧烈地晃荡起来。

随着一声尖锐的狗叫,灰灰拐着一条血淋淋的腿冲出来,刘二衣衫褴褛满身是血站在慢慢斜塌的鹅棚口,我爹急喊:"闪,闪,刘二狗日的快闪……"拿着榔头向刘二跑过去。满身是血的刘二看到我爹向他冲来,操起慢慢斜塌的鹅棚栏向我爹挥。我爹手中的榔头挡上门栏,并就力把刘二推出了鹅棚口,刘二屁股在棚外落地那刻,倒塌下来的鹅棚柱不偏不倚砸在我爹来不及挪开的左脚后跟上,当场血流如注。

刘二捡回一条命。我家的鹅也没再丢过。从此,我家多了一只跛右腿的鹅,一条拐后腿的狗,还有一个瘸着左脚的我爹。

为此,我常遭小伙伴们"跛拐瘸"的奚落。每当我被气得耳红脸青垂头掉泪时,刘二就骂:"羔儿的,笑啥? 葵他爹是英雄! 救人的大英雄! 羔儿的谁再笑,看大爹我不扁断他小崽腿!"

葵是我。

之后,真没人笑我了,倒是他们经常会问:葵,你爹是英雄啊?

我不知怎么作答,得劲地猛点头。因为大人都说:我爹是汉子!

西出阳关有故人

荒　城

　　不一定在具体什么时候,楠熙的电话就会不期而至。我们悠闲地说着随意想起的话题,她说自己上周又去了趟鹿角湾,我说我又想起了沙湾大盘鸡的味道……我们聊天的大部分句子都可以省略掉主语或者宾语,其间还夹杂着只有我们自己才明白的代称,这感觉,简单而又温暖。

　　那时我在塔城上班。楠熙是我去塔城最早认识的那批人中的一个,才华美貌集于一身,像大部分偶像美女一样让每个男人的内心都会蠢蠢欲动。和她聊天八卦或者唱卡拉 OK 都让人精神愉悦。心情好或者不好的时候,我习惯性地拨通她的手机,她是我在这个城市里唯一可以毫无顾虑去骚扰的人。她有时也会给我讲讲人生无常爱情凶险,讲讲最后一次分手和最新一次艳遇。

　　那年春节,放假时间很短,不够回家,只好留在公司加班,下班时已是深夜,极度的疲惫加上多日的感冒风寒加上街头巷尾处处团聚的声音诱发了我的情绪,非常郁闷,楠熙说:"我来接你吧。"她陪我去了医院,打完点滴,回到家又为我做了可口的大盘鸡,算是年夜饭。洗碗的时候,新年的钟声正好敲响,我站在身后看着她,内心汹涌澎湃,待她转过来时,不能自已地一下子抱住了她。在这么一个奇怪的午夜,一个成年男人抱着另一个成年女人,是多么危险的事！这时我们都感到一个故事离我们这么近,近到只差最后的一点儿勇气和冲动。

在与故事开始只有咫尺之遥的时候,我们分开了,记不清是谁先放开谁。

很多天以后,我们平心静气地玩笑般提起这事,才发现原来对方和自己在那几秒钟有着如此相似的感觉——很漫长,漫长到我们好像都问了自己无数次一个问题:怀里的这个人,我是要继续和她(他)做朋友,还是变成情人? 说到这里,我们都笑了。我想我们曾经差点儿犯了一个错误,让友情转化成爱情。幸亏在完成最后确认时我们都得到了一个正确的答案。

半年以后,我回到了北京,已经不再缺少朋友,我的空间一下子被老朋友新朋友挤满。遇到小欣的时候,最初我并不以为自己遇到了爱情,小欣的容貌不足以倾国倾城,也没有能让男人铭记终生的非凡手段,但是她会在我生病的时候紧张得掉下泪来,会变着法儿地做出我喜欢的饭菜,会为我的一句夸奖而高兴好多天。我在电话里对楠熙说有个女孩子对我很好,楠熙说:"你小子真是祖上积了德了,这么好的姑娘也会看上你……"

我开始专心地和小欣恋爱,偶尔也闹闹脾气,吵吵架。楠熙的电话还是会在某个不经意的时候打来,我一句句应和着,小欣在旁边做自己的事,并不过问这电话的来龙去脉。

公司再次派我到塔城去驻守一段时间,走的时候,小欣去车站送我。临开车了,一直沉默的她突然问我:"你还会回来吗?"那一瞬间,我大脑中似乎走过了几万年,原来小欣并不是一无所知,她只是不问而已。我想了想,回答说:"我和她只是朋友。"小欣点点头说:"回来的时候,我来接你。"

到塔城安顿下来,我和楠熙坐在塔尔巴哈台路上最熟悉的那家大盘鸡店里,隔壁咖啡厅传出周华健的《朋友》:"……朋友一生一起走,那些日子不再有……"直到我看见楠熙的泪水滚出了眼眶。我知道,我的生命里出现了两个女人,一个是对我坦诚相见的朋友,一个是给我充分尊重的爱人,这两

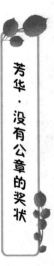

芳华·没有公章的奖状

131

个女人,都让我感动。

回北京的时候,小欣果然来车站接我,我给了她楠熙送给她的木库莲,然后,我干脆把工作也调了回来。我和她依然不咸不淡地恋爱着,偶尔也吵吵闹闹,楠熙偶尔还会打来电话,偶尔给小欣寄来她最爱吃的伽师瓜。

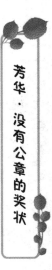

你说九点半到

张亚凌

前一天下午两点，你说："我明早九点半到。"

没错，明天，早晨，九点半。获知这个时间后，我一反过去的镇定、安静，突然干什么都静不下心来，满脑子都是"明天，九点半"。

一个人能端着一成不变的架子行事，那是因为她还没有遇到足以改变自己的人。

我承认，至此，我开始改变。

我不能准确说出自己是几点起床的，那晚辗转反侧似乎未曾入眠，每次拉灯看表都只是过去了半小时。时间就这样，或清清醒醒或半睡半醒间，半个钟头半个钟头一点点推移。明明将闹钟设定在了六点，从来没有错过的闹钟此时也变得不可信了，唯恐错过。真是可笑。

强迫自己推迟到四点半起床，怕见你时精神萎靡，怕你因此误会我对这次见面不够重视。

先收拾房间吧，房间是女孩的第二张面孔。却觉得如何收拾都难以称心，每个物件似乎都应该有更好的而蠢笨的我却不知道的摆放形式。怎么当初选了粉色的窗帘？过于幼稚了。这把椅背对着哪个方向才显得随意自然？真是纠结……

嗯,九点半到,九点半。

完全可以不吃早点,任何早点似乎都会在嘴里留下异味,似乎一开口说话就会把自己出卖。

该梳洗了。站在镜子前,怎么看,都觉得是个丑陋而不识好歹的家伙贴在镜子上,——走开!它怎么会走开?它已经羞愧难当极为自责,分明就是我啊。从来都自诩"素面朝天"本色示人,第一次懊恼悔恨女儿身的自己,何以粗俗得不喜打扮不会打扮。在镜子前无奈地转来转去足足一个多钟头。某一刻,竟然滋生出强烈的念头——去美发店浓妆艳抹一回,哪怕过后羞死自己。

还有三个半钟头。

打开书,第一次发现,嗜书如命也会有看不进去的时候;哼歌试试,不是跑调而是根本就不靠谱;写点儿东西吧,却发现握笔很别扭,字歪歪斜斜,满脑子都是你却写不出对你只言片语的思念……

似乎不宜做任何事情,脑子像战场,乱七八糟没有头绪,总觉得少了什么。对,还没准备水果呢,尽管你说过,你不喜欢吃水果。喜欢不喜欢吃是你的事,买不买是我的事,我得做好我该做的事,对你,如何讲礼节都不为过的。

门口就有家水果店,可所有水果突然看着都不顺眼了,往日里可是欢天喜地挑着拣着没有半点儿不好的。瞧瞧,不争气的东西,不是皱巴巴就是蔫不啦唧,哪里配得上摆在你的面前?不只水果,我,不也一样?在你面前也一定会紧张得浑身不自然。

跑了更远的路,进了不同的水果店,唯一相同的,就是——都不满意,勉强买了些。就像此刻,我对即将见你的自己也不满意啊。看来,我跟这些水果算绝配了。

如此折腾,却还有两个钟头。

心拽着身子忐忐忑忑地站在了门口,致敬般看着每一辆车。门口哪里能容得下扑通扑通狂跳的心？跑到东边巷子口，车水马龙的街道似乎空无一人，顾自在期盼中笑靥如花。巷子不是西边还有一个入口？如果……又跑了过去，左顾右盼东张西望。你会从哪个方向哪个地方微笑着向我挥手？还是你压根儿就不会从巷子的这个入口进来？

会是哪个巷子口？矛盾中怕错过，又退缩进了巷子里，回到了门口。

忽而忆起儿时的童谣：

……爹爹毛，狗尾尾，坐到门前等女婿，东来的，西去的，没有一个中意的，看把娃等得着气的……

等的你没有来，却等得自己羞红了脸。

还有一个钟头。

心跳加速，对你的记忆像放电影般，一幕一幕。手下不能动，干啥都出错。想啥都是你，拧在了那里，成了解不开的结。

"嗨，真巧，刚好出来。"

当你推开车门看见我时，听到了轻轻一句。

运气真好

刘琛琛

怨谁呢?

只能怨自己运气不好。

苦日子好不容易熬到头,男人却出轨了。

吴晓云哭过,骂过,甚至想过去死,但折腾了大半年,也没能挽留住男人离去的脚步。

昔日钟爱的化妆品散落在抽屉深处,积了一层厚厚的灰。

女为悦己者容,悦己的人去悦别人了,还容个什么劲呢?

吴晓云从此一蹶不振。

离婚后,吴晓云分到了这幢房子。房子里,关于男人的一切物件都被吴晓云扫地出门。

物件能清空,回忆却清空不了。

被抛弃的耻辱像饥饿的鼠蚁,没日没夜地啮噬着吴晓云。

一个人的冬天寒冷又漫长。

该添衣服了呢!

吴晓云在衣柜里,机械地翻动着那些厚重的冬装。

一件黑色的男式羊毛衫掉出来。

是男人落下的。

呸呸,难怪运气一直没好转呢,原来屋子里还窝藏着晦气东西。

吴晓云嫌弃地拎起发霉的羊毛衫,发现羊毛衫的两只袖头已经被虫蛀出了洞。

活该,人心烂了,连衣服也跟着烂掉! 吴晓云解气地笑起来,仿佛看到男人的手臂被虫蛀出了几个洞。

到街上找到一个垃圾桶,吴晓云将羊毛衫凌空投了进去。

羊毛衫像一个弃妇,委屈地缩在垃圾桶里。

吴晓云突然想起,这件羊毛衫,是她送给男人的第一份生日礼物,足足花了一个月的薪水呢!

男人收到羊毛衫后,责怪她不该为他买这么贵重的衣服。可吴晓云知道,男人对羊毛衫珍爱无比,只在隆重的场合才拿出来穿穿,平时都供在衣柜深处。

后来,日子好过了,男人用更贵重的羊绒衫取代了羊毛衫,就像用那个更年轻的女人取代了吴晓云。

"可惜呀,这么好的羊毛衫!"垃圾桶旁边突地冒出一个声音。

吴晓云吃了一惊,她只顾想着这件羊毛衫,却忽略了坐在垃圾桶旁边的女人。

女人一头花白的头发,背着一个偌大的蛇皮袋子,她是经常在这条街上捡破烂的女人。

"袖子破了。"吴晓云敷衍着说。

"补补就能穿的,瞧这衣服,多厚实!"捡破烂的女人从垃圾桶里拾起羊毛衫抖了抖。

"喜欢就送给你吧!"吴晓云连多看一眼羊毛衫的勇气都没有。

"谢谢你,大姑!"捡破烂的女人喜滋滋地将羊毛衫揣进怀里自言自语地说,"今天运气真好。"

扔掉了羊毛衫，吴晓云的心里更空了，似乎连最美好的回忆也一并扔掉了。

以前，吴晓云一直靠着男人交的生活费过日子，现在，吴晓云不得不出去找工作。

坏运气像摆不脱的阴影，如影随形。

男人甩了自己，工作也找不到，怨谁呢？只能怨自己运气不好！吴晓云以泪洗面，日子久了，患上了抑郁症。

在亲朋好友的劝解下，吴晓云有一搭没一搭地去看心理医生。

这一天，吴晓云走到医院门口，碰到医生们正从救护车上抬下一个血肉模糊的男人。伤者的右手像断了的莲藕一样垂在担架外面。

吴晓云没看到担架上可怜人的脸，她认出了那件眼熟的羊毛衫。

羊毛衫的袖口上，两块显眼的补丁已经被鲜血染透了。

一个头发花白的女人扑在担架上，哀哀地哭着。

吴晓云想了起来，她是那个捡破烂的女人。

"别哭，幸亏撞到我的是一辆奥迪！"担架上的男人有气无力地安慰女人说，"我的运气真好。"

运气真好？吴晓云被这雷人的话击中，反复在嘴里咀嚼着。

半年后的一个清晨，出门求职的吴晓云再一次碰到捡破烂的女人。

捡破烂的女人头发更白了，她一手扶着三轮车，一手在垃圾桶里翻找着。

看见吴晓云，捡破烂的女人从垃圾桶中抬起头，喜滋滋地冲坐在三轮车里的男人大声喊："这个大姑真是个贵人，看见没，我捡到这么大一个盒子食品，里面的食物还没过保质期呢。"

贵人？吴晓云眼睛有些酸胀，连忙仰起脑袋看天。自己才三十岁，青春也应该没过保质期的。运气真好！

吴晓云冲女人鞠了个躬，在心里。

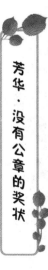

最后一碗面

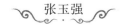

张玉强

　　从图书馆出来,我犹豫了一下,还是撑开了伞。雨很轻,甚至有点儿像过于潮湿的雾。可我身上的这件小羊皮夹克是进口货,又刚刚做过保养,还是不要沾水的好。

　　道路湿滑,街上行人稀少。我把左手揣到兜里,右手举着伞,小心翼翼地前行。

　　在一个十字路口我停了下来——我对这座城市还不够熟悉。右手边是一条窄街,招牌林立。远远望去,尽头处灯火通明,应该是一条大街。那就从这儿走吧。

　　两侧都是低矮的小楼,一看就是有年头的老建筑。每隔不远就会出现一条更窄的小巷,通向黑暗的不知所在的深处。湿漉漉的地面坑洼不平,空气中飘浮着饭菜的香气,令人厌恶又充满诱惑。偶尔有人与我擦肩而过,伞的边缘会彼此碰撞一下。

　　我收起伞,走进一家亮着橙黄色灯光的小面馆。我饿了,而且说实在的,也真是有点儿冷了。店里冷冷清清,一个人也没有。正在我犹豫要不要退出去的时候,一个女人从吧台后面扬起脸来,有些惊讶地看着我。

　　我很尴尬,只好开口说:"我要一碗面。"

"对不起,打烊了。"

"是吗?可是这个时间……"

"我挂了牌子了。"

我顺着她手指的方向看去,的确在玻璃门的内侧挂着一块牌子,现在只能看到背面。我进来的时候没注意到它。

"不好意思,打扰了。"我向她点了点头,转身准备离开。

"等一下,"她从后面叫道,"只要一碗面吗?"

我说:"算了,不麻烦了。"

她从吧台后面站起来:"你坐吧。"

我还想说什么,她已经拿着一个塑料袋走过来,兜住我的伞挂在门后的挂钩上,然后不容置疑地拉开一把已经推进餐桌底下的椅子:"坐下等一会儿吧。"然后就转身进后厨了。

我坐下来,感觉有点滑稽。

她很快地从厨房出来,端着一个高高的玻璃杯子,里边是碧绿的茶水。

她把茶放到我面前:"先喝点儿水吧。"

茶水很烫,正是此刻我需要的温度。我小口呷着,同时环视了一下周围——很干净,井井有条。

过了一会儿,她端着一个托盘过来,上面是一碗热气腾腾的阳春面,还有两个碟子——一碟牛肉片,一碟青菜。

我说:"我只要一碗面。"

她说:"小菜是送你的,面也不要钱。"

我惊讶地看着她。

她笑了笑,说:"你别多心,就是送你的。我不干了,这是最后一碗面,你是最后一位客人。"

面很不错,牛肉也煮得恰到好处。我吃了两筷子,感觉有些难以下咽。

她没有走开,坐在我对面也捧着一杯茶喝。见我停下来,她问:"怎么?

不好吃吗？"

我说："不是，挺好的。只是我从来没这么吃过饭……"

她一笑，说："你不用觉得奇怪，我以前也从来不这么做生意的。"

我隐约感觉她是希望我问下去的。

雨好像大一点儿了，依稀听到零星的雨点敲打窗棂的脆响。

我说："雨下大了。"

她抬起头来望望窗外，凝神细听了一会儿，说："是啊，这里的鬼天气。"

我把手机拿出来看了天气预报，说："明天还有雨。"

她没有回应，双手捧着茶杯慢慢品咂。

忽然，她伸过手来捻了一下我的袖子："进口的吧？刚买的？"

我说："去年买的，刚来的时候。"

她眼睛一亮："你也不是本地人？"

"不是。我是去年来的。"

"喜欢这里吗？"

我愣了一下，不知道该怎么回答。恰好茶杯里的水喝完了，我说："能帮我续点儿水吗？"

趁她去拿水的工夫，我抓紧吃完了剩下的面。

她替我续满水，给自己也添上一点儿。然后她拿出了一盒烟，自己点上一支，问我抽不抽。

我谢绝了。我拿出手机翻看着，一边小口地喝水。

她没再说话，一只手轻轻地转动着茶杯，默默地抽烟。她抽烟的姿势很优雅。

我站起身来，说："谢谢你的面，我该走了。"

她微微笑了一下，送我到门口，把伞从塑料袋里拿出来递给我。

我走出小面馆，重新撑开了伞。雨似乎还是刚才的老样子，落到伞上都听不到声音。

我继续向前走。前边不远处就是大街了，我已经看到了来往穿梭的车辆。

成长协议

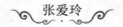

张爱玲

甲方：李昕升

乙方：张爱玲老师

李昕升在接下来的两年时间里将努力学习，在大四之时参加公务员考试和研究生考试，至少要有一项进入复试当中，李昕升愿竭尽全力，改变自己。

2014 年 4 月 19 日

上完课，昕升追上我，把一页纸交到我手里。

我说："我会收好的。"

他说："您就等着吧。"

我偶尔会记起那个瞬间：走廊里光线暗淡，一个高大的男生咧开嘴笑，因为肤色黑，显得牙齿格外白，还是大大咧咧的笑，我心里没底。

这是一份"将"出来的协议。

昕升先坐教室第一排，后来坐到后面。他在写作课上很活跃，一旦动笔就打蔫，明显力不从心，这回选修了申论写作。

课间我经常做调查："你打算考公务员吗？"对确定要考公务员的学生，我想重点监督。

同样的问题问到昕升，他说："我想考公务员，也想考研究生，两个都试试呗。"

"这是两个方向，你决定了吗?"

"老师，我决定了!"

"你敢跟我签协议吗? 这两个考试只要有一个你能进入面试，这个大学你就没白读。"

"我敢!"

这份协议还有个长标题:《李昕升与张爱玲老师就考研或公务员中有一项进入复试的协议》。

回到办公室打开那页纸，我笑了，大概是得意的笑吧，跟2008年一样。

2008年，我儿子读高二，晚上熬夜，白天睡觉，成绩一般，常去网吧。我当然要管，我的监管他解读为干涉，常有冲突，我备受煎熬。管教无效，不如放手，我跟他说:"我们签个协议吧，你做好你的事，我做好我的事。"

他说:"那太好了。"匆匆草就了这份错字连篇的《成长协议》:

在高中学习阶断(段)，李一管理自己的学习和生活，家长张爱珍(玲)提供一切可以(可行)方便，为约束双方行为，签定(签订)此协议。

一、李一应负责任:1.明确高考目标:力争一表(即一本)，必保二表(本)，逐渐提高学习成绩。2.合理安排时间。3.有计划地安排数学和英语的补习和自学时间。

二、李一权力(利):1.决定自己的休息时间。2.合理安排个人支出，自行购买所需用品。

三、张爱珍(玲)应负责任:1.为李一的学业提高资金帮助。2.负责为李一做饭、洗衣服。3.随时为李一提供其它(他)可以(可行)的帮助。

四、张爱珍(玲)权力(利):1.了解李一在学校学习和生活的情况。2.了解李一近期计划和远期计划实施情况。

本协议从令(今)天开始实施，双方应各负其责，尊重对方的权力(利)，

如果违约必须郑重道歉，立即纠正。本协议中（终）止时间为：李一上大学以后。

协议人：李一　张爱玲

协议时间：2008 年 9 月 21 日

有了这份约定，彼此都有了约束，他得到他的权利，我达到我的目的。

一份协议解决不了所有问题，只是立字为凭，有了私下约定。这样的协议还有另一种可能，就是成为密约永不示人，就像那些无法兑现的海誓山盟。

结课后，我数次见过昕升。

第一次我说："别忘了。"

他说："我记得。"

以后见面什么都不说，彼此笑笑。

2016 年 3 月初，各种考试已发布成绩，没有昕升的消息，没有消息也是一种消息吧。

前几天他突然告诉我，正在准备辽师大的面试，原来想复试之后一起汇报，"那个承诺一直是我的动力之一"。

他还提到大一挂科。他本来在某实验中学就读，成绩还好，高三上学期突然学不进去，不愿在教室待着，打着补课的旗号，经常到附近大学自习室待着，"自己把自己祸害了"。刚来大学的时候，觉得反正已经来这样的学校了，六十分万岁，混混日子拿个毕业证算了，但是挂科没在计划之内。

大一寒假，他在家查成绩，看到现当代文学 58 分，脑袋一木，整个人都懵了。他开始问自己：你真是来混日子的吗？你真的要坐等毕业吗？怎么都是在校四年，每次课 90 分钟，坐着也是坐着，不如学点东西。

大一下学期，他的成绩总体不错，确认成绩的时候特意多看了两眼，大家最反感的英语他全班分数最高。以后每次考试，昕升都在班里名列前茅，他觉得这样才对得起那次挂科。

他没说哭鼻子的事,大概因为"男儿有泪不轻弹",弹出来显得掉价吧。考研学伴中途退场,独自拼到冲刺阶段,想必有些扛不住,他有时候给同桌姜曦涵打电话。

那次他声音不大对劲,只说一句:"你把电话打回来。"

同桌把电话打回来,他哭到呜咽:"我不想考了,我学不进去了。"

说到伤心处,他近乎崩溃:"我对不起我爸妈,对不起老师,对不起你们大家!"

在同桌那里释放完压力,他如约走进考场。

这样的成长协议,我这里还有 N 份。

甘蔗的甘

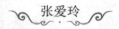

张爱玲

　　要不是发生那场变故,她应该和她的同学今年毕业。可惜,属于她的大学时光只有半年,准确地说,只有四个月。

　　认识她之前,我先认识的是她的文字。2010年秋季开学,首次批阅写作班作业,她的文字从一大堆讲述里呼地跳出来。讲评作业时,先请作者朗读作品,站起来的是位骨架粗大的女生,衣着朴素,浓眉大眼,有些羞怯,说她是广西人,普通话不好,想请同学代读。我同意了。

　　她姓甘,甘蔗的甘,来自盛产甘蔗的地方,甘礼翠的名字我一下就记住了。

　　后来,甘的作业屡屡被同学推荐讲评。她写送给村邻的小妹,写一起长大的表亲,写日渐老去的奶奶,细节很多,很动人。后来讲评作业,甘自己读作品,带地方口音的朗读,更能把我们带进故事。每次朗读完毕,大家都静默片刻,随后起劲鼓掌。

　　我在课堂上基本不讲天赋,因为天赋属于极少数人。我经常强调,经过训练,每个人的写作能力都会有不同程度的提高。遇到甘,我有几分窃喜,这样的学生不是每年都能遇到。

　　我和她的交流基本在课堂上,有时我请她跟大家分享写作过程,她的话像她的文字一样简洁,绝不多说一句。

我私下问别人:"甘和你们相处话也少吧?"

她说:"老师,你不知道,甘很搞笑。"

想着甘课下的另一种模样,我也笑了。

我的散文写作课一个学期就结束了。第二个学期,没有在校园见到甘,同学说,她家出事了,她父亲化学制剂中毒,还在抢救,她可能要退学。

绥化学院有个规定,每间大一学生宿舍都配一个导师,导师要定期到宿舍了解情况,帮学生解决遇到的问题。甘宿舍的导师是位校领导,听到学生反映,她找我了解甘的情况,我把知道的都说了。她说:"咱们得帮帮这个孩子。你告诉她,学校可以免收学费,其他费用也可以减免。这么优秀的学生,退学太可惜了。"

事情比我们估计得严重,甘的父亲在顺德一家害虫防治服务部打工五年,一无合同,二无保险。2011年1月,他对货柜箱杀虫消毒后昏迷,重度溴甲烷中毒,急性重度中毒性脑病,急性肺水肿,肺部感染。抢救花费四十多万,老板掏了九万多元,就再也不管了。她家姐弟三人,妹妹已经退学,弟弟还在上学,我的留言她没有回应,想必也无心回应。

我跟校领导汇报,领导很惋惜:"她的困难咱们能帮,她家的困难咱们帮不了。"

父亲从危重病房出来后,甘一边和母亲照顾父亲,一边拼命打工。她曾经多方求助媒体,求助官方。媒体已经麻木,说类似的事太多了,每天都在发生。官方介入后,老板也只拿了五万。剩下的二十多万,都是亲友筹集的。父亲的康复路途漫长,她的使命只剩下一个:赚钱。

我和甘是QQ好友。虽是好友,我们从不聊天,进她的空间,我也很少发言。我更像躲在角落里的倾听者,倾听着她的自言自语:

"退学之前,我读了十几年古今中外励志向上的书,但如今,我还是不想面对这个世界。"

"彻底与学校生活脱轨,慢慢与社会接轨!"

"我觉得 Ta 越来越陌生了,Ta 不是别人,Ta 是我自己。"

"奢想沉沉地睡个长长的觉,醒来后时光已摆平所有的错。"

"我像个潮湿的灵魂半夜跑去厕所放声哭,哭到头痛欲裂。第二天,公司的人说你姐姐我眼睛挂着两个灯泡的样子很丑,我努力挤出一抹笑容,还是好丑。"

"我多想变成一条鱼,只要一种表情就可以面对整个世界。"

内心平复后,她开始记录打工生活,偶尔自嘲,偶尔玩笑:

"那天小蓉包跟我说,努力让自己幸福些。我愣了许久,幸福,幸福不知什么时候,在某个街角拐了过去,到现在还没有回来。"

"这帮小鬼年纪这么小竟然老问我爱情话题,再问下去非把我逼成爱情专家不可,小朋友们说我是女神,说对了一半,其实我是女神经病,哇哈哈哈哈……"

"今天黄老师带领我们在知识的海洋里遨游,后来只有她自己一个人还活着爬回了岸上……"

有一个细节让我很欣慰,她经常搬家,随身携带的箱子里一直装着书和笔记本。

我爸妈说

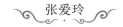

张爱玲

我习惯独来独往,没什么,老师你不用担心。我和寝室的人也就那么回事吧,她们干她们的事,我干我的,挺好的呀。我爸妈说:不用对她们好,你对她们好,她们会以为你好欺负,别理她们!

这个寝室我实在待不下去了,老师你是不知道,她们可坏了,合伙对付我,原来还有两个人跟我说话,现在谁都不搭理我。我已经跟辅导员谈了,要求换寝室。我当然打电话告诉家了,我爸妈说:你没什么错,错全在她们,要是辅导员不给换寝室,我们去学校找辅导员谈!

新换的这个寝室还行吧,有好几个我班同学。我还像原来那样啊,她们跟我说话,我就说一句半句的,她们不跟我说话,我也不跟她们说。

我有朋友啊,我俩可好了,她是我初中同学,我们有时候打个电话什么的。老师你要给我任务?在学校交几个朋友?老师你咋这么有意思呢?这还能是任务啊?再说吧。

我爸妈说了:你得小心点,现在外面没一个好人。他们说得对,我的高

中同学都可坏了,到了大学还不是这样? 老师你别多想,我知道你是好人,除了我爸妈,你和我说的话最多。

我现在完全好了,老师你别惦记了。这次生病,我挺感谢我班同学的,尤其是那几个班干,他们连夜把我送到医院,女支书一直陪着我,还有几个同学第二天到医院看我。我已经谢完他们了,不信你到我班博客上看看,我在那儿贴了感谢信,一起谢了,这个主意不错吧。回头看这件事也没什么,我要是班干,同学病了,也得像他们那样,要不怎么叫班级干部呢? 我爸妈说:看来你班同学还有点儿良心。

——每次在校园见到她,都形单影只。毕业前夕,她跟我说:老师,不能怪我,你交给我的任务太特殊了,你如果让我考研,稍加努力我就能完成任务。我爸妈说:朋友就是相互利用。我不需要利用谁,也不想让谁利用我,以后需要我会交朋友的。工作还没影呢,我找过工作,有的工资低,有的太辛苦。我爸妈说了:没事,我们养着你。

无缘见到她的爸妈,如果见到,我想转告他们,他们的女儿跟我说过的这些话。